琼瑶
作品大合集

烟锁重楼

琼瑶 著

作家出版社

琼瑶,本名陈喆,作家、编剧、作词人、影视制作人。原籍湖南衡阳,1938年生于四川成都,1949年随父母由大陆赴台生活。16岁时以笔名心如发表小说《云影》,25岁时出版首部长篇小说《窗外》。多年来笔耕不辍,代表作包括《烟雨蒙蒙》《几度夕阳红》《彩云飞》《海鸥飞处》《心有千千结》《一帘幽梦》《在水一方》《我是一片云》《庭院深深》等。

多部作品先后改编成为电影及电视剧,琼瑶也因此步入影视产业。《六个梦》系列、《梅花三弄》系列、《还珠格格》系列等,影响至深,成为几代读者与观众共同的记忆。

琼瑶以流畅优美的文笔,编织了众多曲折动人的故事。其作品以对于梦的憧憬和爱的执着,与大众流行文化紧密结合,风靡半个多世纪,成为华文世界中极重要的文学经典。

我為愛而生，我為愛而寫
文字裡度過多少春夏秋冬
文字裡留下多少青春浪漫
人世間雖然沒有天長地久
故事裡火花燃燒愛也依舊

瓊瑤

第一章

民国十年七月十日,安徽白沙镇。

梦寒第一次看到曾家那巍峨的七道牌坊,就是在这个夏天的早上。那天是她嫁到曾家的大喜之日。这个早上,她不只见到了名不虚传的"曾家牌坊",也见识了名不虚传的"曾家排场"。而且,也是这天早上,她第一次见到她的丈夫曾靖南,和她生命中的另一个男人——江雨杭。这个早上所发生的事,是她这一生永远永远也不会忘记的。

这天的白沙镇真是热闹极了。几乎全镇的居民都出动了,大家一清早就跑到曾家牌坊下面去等着,争先恐后地要看新娘子"拜牌坊"。新娘子拜牌坊,是曾家家族的规矩,任何其他地方都看不到的。曾家这七道牌坊远近驰名,不只是整个白沙镇的光荣,也是整个徽州地区的光荣。它们分别是功德坊、忠义坊、贞节坊、孝悌坊、贤良坊、廉政坊和仁爱坊。一个家庭里能拥有这么多的美德,并惊动许多皇帝下旨建坊,实在是太不容易。难怪这些牌坊成为曾家最大的骄傲，也难怪多年以来，会有一大堆与牌坊有关的习俗。新娘子拜牌坊，就是其中最戏剧化、最花哨，也最壮观的一项。

曾家已经有二十年不曾办过喜事了。上一次办喜事，还是曾牧白结婚的时候。曾家什么都不缺，就是人丁不旺，已经是三代单传。曾靖南又是个独子，如果错过了这次看新娘拜牌坊的机会，恐怕又要再等个二三十年。难怪全镇的老老少少、男男女女，都要挤到这牌坊下来看热闹了。大家呼朋唤友，吵吵嚷嚷，挤来挤去，简直是万头攒动，人声鼎沸。

"快快快……第三道才是贞节牌坊，新娘子只拜贞节牌坊，不拜别的，快占位子呀！到这边来呀！"有过经验的人拼命吆喝着那些没有经验的人。

"哎呀！吹鼓手已经来了，新郎骑着一匹大白马，好威风啊！""看呀！看呀！花轿过来了呀！喜娘就有十二个，真好看呀！""啊呀，这迎亲队伍简直有一里路长，实在太盛大了……""听说新娘子是从屯溪娶来的，真有福气，能嫁到白沙镇曾家来，一定是前生修的……"

大家你一言，我一语的，叫着喊着，兴奋得不得了。

在这一片吵嚷声中，喜乐队伍，已经浩浩荡荡而来。先是举着"囍"字和华盖的仪仗队，然后是乐队，乐队后面，是身穿红衣，骑着白马的新郎官，再后面，是分成两列的十二个喜娘，再后面，是八个轿夫抬着的大红花轿。轿子上的帘幕，全是描金绣凤，华丽极了。再后面，是两列眉清目秀的丫头。所有的队伍，连丫头带喜娘，都是一身的红。在七月灿烂的阳光下，真是明丽耀眼，使人目不暇接。

围观的群众，一见到花轿出现，就更加兴奋了，大家拼命地往前挤，都挤到牌坊下的石板路上来了。曾家是由曾牧白的义子，一个名叫江雨杭的年轻人，带着上百名家丁和漆树工人，在维持着现场秩序。江雨杭和工人们，每人手中都拿着一根木棍，分站在道路的两旁。棍子上都系着红缎带，他们横着木棍，拦住两边的群众。雨杭不住地对人群拱手为礼，大声地说："各位乡亲，得罪得罪，请往后面退一点，别挡着通路！对不起，对不起！"人群往后面退了一些，可是，棍子一个拦不牢，人群就又蜂拥而上。常常一大堆人都摔跌到石板路上来，场面简直难以控制。梦寒坐在花轿里，眼观鼻鼻观心。喜帕蒙着头，她正襟危坐，动也不敢动。轿子摇摇晃晃的，已经摇晃了好几小时了。天气很热，她那凤冠霞帔下，早已是香汗淋漓。这一路上，她听着那吹吹打打的鼓乐声，心里是七上八下，思潮澎湃。这个婚事是哥哥做的主，曾家是这么大的望族，能够联姻，哥哥觉得很有面子。梦寒父母双亡，哥哥下个月就远调到四川去，所以，婚期等不及到秋凉时再办，冒着暑气，赶着就办了。要嫁到这样一个名门中来，梦寒实在有些怯场。不知道新郎的脾气好不好？不知道公公婆婆，还有那个老奶奶会不会喜欢自己？更不知道那些曾家的规矩，自己能不能适应？她就这样想来想去的，一路想到了白沙镇。然后，她感觉到轿子的速度放慢了，听着轿外的人声鼎沸，她知道，终于到了曾家牌坊。虽然事先，她在家里就练习过"拜牌坊"，不过是跪着磕几个头而已，应该没有什么好害怕的。但是,现在,听到这么多的人声,呼叫声,吆喝声,笑声……她竟浑身都紧张起来。然后,鼓乐声戛然停止。

接着,是一个司仪在高唱着:

"停轿!"轿子被放下了。梦寒在轿子中冒着汗。

"请新娘下轿!"司仪再唱。

轿帘掀开了,白花花的阳光一下子就闪了进来,映着那红色的喜帕,炫耀得梦寒满眼都是亮亮的红。她的头晕晕的,心脏怦怦怦地跳个不停。还在怔忡间,慈妈和另一个喜娘已经伸手进来扶着她,把她搀出轿来。因为坐了太久,双脚都有些发软,走出轿子时,忍不住跟跄了一下。慈妈慌忙在她耳边说:"别慌!别慌!慢慢来!我扶着你呢!"

慈妈是她的奶妈,因为舍不得她,而跟着"嫁"了过来。幸好有慈妈,否则,她更不知道要慌乱成什么样子。

"新娘子出来了!新娘子出来了……"群众吼着叫着。

梦寒被搀扶着面对贞节牌坊,已有丫头们在牌坊下摆上了红色的跪垫,司仪用他那特殊的腔调,又开始高唱:

"维辛酉太平年,团圆月,和合日,吉利时,曾氏嗣孙曾靖南,娶夏家长女梦寒为妻,以此吉辰,敢申虔告……"

梦寒就在这唱礼中,盈盈就位。司仪继续高喊:

"请新娘叩拜贞节牌坊!跪!一叩首!再叩首!三叩首!"

梦寒依着司仪的指令,一一行礼如仪。围观的群众,有的鼓掌,有的高叫,有的欢呼,有的大笑……情绪都非常激昂。终于,她磕完了三个头。司仪又在高呼:

"起!"

梦寒在慈妈和喜娘的搀扶下,慢慢地站了起来。奇怪的事情就在此时发生了。忽然间,一阵风对梦寒迎面吹来,竟把她的喜帕给吹走了。梦寒大惊之下,直觉地用手一捞,没有捞着,她抬眼一看,那喜帕居然在空中飘然翻飞,飞呀飞的,就落到一个年轻人的肩膀上去了。群众都抬着头,目瞪口呆地跟着那喜帕的方向看去,等到喜帕落定,大家才忍不住哗然大叫起来。原来那年轻人不是别人,正是曾牧白的义子江雨杭。这喜帕落在他肩上,使他也愣住了。情不自禁地,就对梦寒看过来。梦寒在惊怔当中,也对雨杭看过去,就和雨杭的眼光接了个正着。她不禁心中猛地一跳,好俊朗的一张脸!好深邃的一对眼睛!此时,群众已纷纷大喊了起来:

"看呀!看呀!看新娘子呀!长得好漂亮啊……"

"哇!还没洞房,老天爷就来帮忙掀盖头啊……"

梦寒蓦地惊觉了,急忙低眉敛目。赶快再眼观鼻鼻观心,同时,慈妈已飞快上前,把手中的一方帕子,遮住了梦寒的脸。梦寒在被遮住脸的一瞬间,看到前面的靖南回头在嚷着:

"雨杭,你搞什么?还不赶快把头盖给她盖起来?"

"哦!"雨杭顿时醒觉,拿起肩膀上的喜帕,就往梦寒这边走来。原来他的名字叫雨杭。梦寒模糊地想着,心里的感觉是乱糟糟的。但是,雨杭的帕子还来不及交还给梦寒,一件更奇怪的事发生了。忽然间,音乐大作。从牌坊的另一头,丝竹唢呐的声音,呼啸而来,奏的却是出殡时所用的丧乐。大家惊讶地大叫,纷纷转头去看。只见一列丧葬的队伍,竟穿过牌坊，迎面走向花轿。这列丧葬队伍，人数不多，只有十几二十个人，却人人披麻戴孝，举着白幡白旗，为首有两个小伙子，一个手里高举火把，另一个高举着一个和真人一般大小、纸糊的假人，假人梳着两条长辫子，画着眉毛眼睛，看得出来是个姑娘。在这假人的胸前，写着三个大字："卓秋桐"。这对小伙子后面，是一对老夫妻，手里捧着有"卓秋桐"三个字的牌位。再后面，有几个人吹着唢呐，有几个人撒着纸钱。他们一行人，一面直接扑向花轿，一面惨烈地呼号着：

"曾靖南！卓秋桐尸骨未寒，你敢让新娘子进门吗？"

围观的群众，都忍不住大声惊叹。简直没看过这么好看的戏，大家更加骚动了，争先恐后地往前挤，个个伸长了脖子，要把情况看清楚。七嘴八舌，议论纷纷。

梦寒被这样一个突发状况给吓住了，完全不知道是怎么回事，但是，对方既然提到"新娘子"，显然是冲着这个婚礼而来。她傻傻地站着，手足无措。慈妈震惊得那么厉害，也忘了去遮新娘的脸了，睁大了眼睛，目瞪口呆。

"曾靖南，你好狠心呀！"那手举纸人的少年对着新郎大叫，"你看看她！"他举起纸人，对骑在马背上的靖南摇晃着，"这是我姐姐卓秋桐，你辜负了她，逼死了她！今天居然还敢大张旗鼓地迎亲，你就不怕苍天有眼吗？"

靖南原本喜滋滋的脸，在刹那间就转白了。他回头直着脖子喊："雨杭！雨杭！你怎么没有把卓家的事摆平？"

雨杭急忙赶了过来，拦在靖南的前面，对那队人马着急地喊:"为什么要这样闹呢?无论如何,曾家是在办喜事,有什么话,回头我上你们家去说!卓老爹、卓老妈、秋贵、秋阳……"他一个个喊过去,"你们看在我的面子上,赶快离开这儿吧!""江少爷,"那卓老爹往前一站,老泪纵横地说,"我们卓家,事事都听你江雨杭的!唯有这一件,没办法听你的!我的女儿,秋桐,她死得冤哪!"

一句话使那卓老妈放声痛哭了起来,一面哭着,她一面呼天抢地地喊:"秋桐!你显显灵!谁欠你的债,你找谁去还哪!"

"太不像话了!"靖南勃然大怒,回头喊,"老尤!老杨!带人把他们给拉下去!竟敢在今天来搅我的局,简直是吃了熊心豹子胆……"靖南的这几句话,使那些卓家的人,个个怒发如狂了。手拿火把的秋贵,举着火把往马鼻子下一送,惊得那匹马仰头狂嘶,差一点没把靖南给从马背上掀翻下来。秋贵对着群众大叫起来:"各位乡亲,你们大家评评理!咱们家穷,我妹妹秋桐,为了让弟弟秋阳念书,所以到曾家去当丫头,谁知这曾靖南不是人,占了秋桐的便宜,他怕秋桐嚷嚷开来,就对天赌咒发誓地说,要娶秋桐为妻,说不是大夫人,也是个二夫人,秋桐认了真,死心塌地地跟了他……"

"快叫他闭嘴!"靖南在马背上暴跳如雷,"别让他在那儿胡说八道,妖言惑众!全都是假话,没有一个字是真的!"

"曾靖南!你要不要脸?"秋阳往前一冲,举着纸人,悲切地喊着,"你还敢说没有一个字是真的?你忘了你还给了我姐姐一块玉佩作为信物……"

"玉佩?"靖南冒火地大叫,"那是她偷去的!"

"天啊!"卓老妈哭着嚷,"天下竟有这样无情无义的人!秋桐死得冤哪!秋桐是那么相信他……可他的结婚日子一定下来,他就和现在一样,什么什么都不承认了,不但不承认,还把秋桐赶回家来,可怜的秋桐,一个想不开,就上了吊……各位乡亲,他们曾家有钱有势有牌坊,可就没良心哪……"

"雨杭!雨杭!你是存心要我好看是不是?"靖南对着雨杭大吼大叫,"你是在听故事还是在听说书呀?手里拿着棍子,不知道怎么用吗?还不给我打!"他回头又喊,"老尤!老尤!把他们打走……""不许打人!"雨杭大吼了一声,声音既响亮又有力,那些手持木棍、蠢蠢欲动的家丁立刻就退了回去。雨杭转向卓家的人,弯腰行了一个大礼,诚挚地说:"请相信我,秋桐的事,我一定想一个办法,让死者能够安息。请你们也撤退了吧!这样实在是太难看了!对于死去的秋桐,又有什么帮助呢?""就因为姐姐已死,这个悲剧已经再难挽回,我们才这样痛不欲生呀!"说话的是才十六岁的秋阳,他是白沙中学的高才生,长得眉清目秀,气宇不凡,"可是,这曾靖南一点歉意都没有,始乱终弃不说,还硬栽给我姐姐各种罪名,让人忍无可忍!你看他那副样子……"他咬牙切齿地说,"简直是衣冠禽兽!""喂喂!雨杭,你别跟他们婆婆妈妈了,我都被骂得狗血淋头了,你还在那儿跟他们客气……老尤!老杨!大昌!大盛……都来呀!给我打!"

"混蛋!"秋贵暴吼了一声,"你简直不是人!我跟你拼了!"

说着，他把手里的火把，对着那马鼻子舞来舞去，这一下，那匹已经非常不安的马更加惊吓，扬起前蹄，一阵狂嘶，靖南坐不住，在众人的一片惊呼中，跌落在地上。雨杭和众家丁都奔上前去搀扶，叫少爷的叫少爷，叫靖南的叫靖南……那匹受惊的马就对人群奔窜了过去，群众尖叫着，躲的躲，逃的逃，场面一片混乱。在这片混乱中，秋贵和秋阳两兄弟，已经把那纸人点燃，就在梦寒的花轿前燃烧了起来。纸人是用结实的竹架子架着的，一阵噼里啪啦，火舌就疯狂地往上蹿升，烧得十分猛烈。

"梦寒，快退，快退！"慈妈和喜娘拉着梦寒就往后退，奈何花轿拦在后面，人群又挤在花轿后面，根本退无可退。

"秋桐！"秋阳悲怆地仰天狂叫，"冤有头债有主，你如果死不瞑目，就去找那个负你的人，和他一起化为灰烬吧！"

"烧啊！烧啊！烧啊……"卓老妈哭喊着，"秋桐，你来啊，烧了曾家的牌坊，烧了他的婚姻，烧啊，烧啊……"

靖南被雨杭和家丁们扶了起来，已经万分狼狈，再一看，火舌四蹿，而卓家的人，个个如疯如狂，势如拼命。不禁吓得掉头就跑，失声大叫："不好了，他们全家都发疯了，他们要烧死我呀！雨杭，雨杭，救命啊……"

秋贵见靖南拔腿就跑，拿着火把就追了上去，把火把对着靖南用力掷出。靖南一闪身躲过，那火把竟不偏不倚地插在花轿顶端。顷刻间，花轿就燃烧了起来。慈妈尖声大叫：

"小姐！小姐！快跑呀！小姐呀……"

梦寒早已被这种场面惊得面无人色。身上的金银首饰又多，层层披挂，头上的那顶凤冠，又大又重，压得她整个头都抬不起来，何况，前后左右，都挤满了人，她实在不知道要怎么样逃。就在这样一犹豫间，她的裙摆已经被火舌卷住了。慈妈惨叫："老天啊！谁来救我们小姐啊……"

就在此时，雨杭整个人飞扑了过来，他已脱下身上的长衫，把它卷在手上，他一手拉住梦寒的胳臂，用另一手里的长衫对着梦寒的裙摆一阵猛扑，居然把火给扑灭了。同时，家丁们也纷纷效法，把花轿的火也扑灭了，但那花轿的顶也烧没了，门帘也烧掉了一半，好不凄惨。梦寒惊魂未定，抬起头来，再度接触到雨杭关心而深邃的眸子。就这样四目一接，雨杭已迅速地掉转头去，忙着收拾那零乱的场面。

"老杨、老尤，快把少爷给追回来。大昌、大盛，你们去追那匹马！耀升、耀威，你们把队伍再组织起来！阿光、阿华，收拾地上的东西……"

迅速地交代完后，他走向卓老爹等一行人。

"卓老爹，人死不能复生，今天闹成这样，你们或多或少，也出了一些气，冤家宜解不宜结，到此为止吧！明天一早，我会去你们家，千言万语，等明天再说吧！"

卓老爹还没说什么，秋阳往前一站："江大哥，话都是你一个人在说，他们曾家还是颠倒黑白，血口喷人，让我们百口莫辩，这口气我们怎么能咽呢？"

秋阳的话刚说完，人群中走出了一个十分标致的女孩子，只有十五六岁，梳着两条小辫子，穿着一身光鲜亮丽的红色衣裳，一看就知道是曾家的人。她径直走到秋阳面前，扬起

一对黑白分明的大眼睛,近乎恳求地说:

"秋阳,不要再闹了,好不好?我哥哥虽然有千般不是,可我的新嫂嫂没有一点错,闹成这样,你们让新娘子怎么受得了呢?"梦寒心中一痛,不由自主地,眼光就飞快地对那少女看了过去,多么年轻的姑娘,却说进了她的内心深处。这,就是靖萱给梦寒的第一个印象。在梦寒以后的生命里,她会和靖萱成为最知己的姐妹,也就因为这次的缘故。

"靖萱说得对,"雨杭接了口,"不看僧面看佛面,怎么样?"

秋阳愣了一下,眼光从靖萱脸上转到雨杭脸上,从雨杭脸上又转到靖萱脸上,见两人的表情都十分诚挚,就不再说话,转头去看卓老爹。卓老爹看了一眼狼狈不堪的新娘子,见到梦寒衣服也烧破了,凤冠也歪了,脸上的妆也被汗水给弄花了,大睁着一对惊惶的眼睛,站在那儿不知所措。当下,心中一软,重重地跺了一下脚,说:"罢了!罢了!咱们撤!"

"爹说撤,咱们就撤吧!"秋阳对秋贵说。

"曾靖南!"秋贵仍然愤恨难消,对着靖南的背影挥着拳头,"你这样的人不配有好姻缘!你这样的人也不会有好下场!老天会看得清清楚楚,记下你每一笔账!"

梦寒听着这样的诅咒,感到一阵鸡皮疙瘩,掠过了自己的全身。七月的阳光是那么灿烂,但,梦寒却觉得自己眼前全是乌云,而且,阳光已没有丝毫的热度,变得冰冷冰冷了。她呆呆地站着,不知要把这样的自己,做如何的安排。新娘子应有的喜悦,至此已荡然无存。剩下的只有恐惧、担忧、害怕,和一种茫茫然的感觉,像是沉溺在无边无际的大海中,不知何处是岸。卓家是怎样撤离的,她已经弄不清楚了;她是怎样回到那顶破损的花轿里去的,她也弄不清楚了。她只知道,她那天照样进了曾家的祠堂,拜了曾家的祖宗,进了曾家的大厅,拜了天地,拜了曾家的奶奶和高堂。每个步骤的礼仪,她都一一做去。虽然心里充满了困顿,充满了挫折和无助感,她却不知道能怎样去抗拒属于自己的命运。最后,在一大堆的繁文缛节之后,她进了洞房。

　　在洞房里,那块被风掀走的喜帕又蒙回到她的头上。新郎照样用秤杆挑开了那块头盖,喜娘和宾客们照样又拍手,又叫好,又闹房。整个曾家似乎不曾发生牌坊下的事情一般,贺客盈门,觥筹交错,爆竹和烟花,在庭院中喧嚣地爆裂,那些闪亮的花雨,把黑暗的天空都照亮了。可是,梦寒一直都像做梦一样,神思恍惚,情绪低落。她不知道世间有没有第二个新娘,有她这样的遭遇?坐在那床沿上,她有很长一段时间,等待着新郎从喜宴上回来"圆房"。在这段时间里,她有了一份模糊的期望,新郎一定会向她解释一下,牌坊下发生的事是怎么回事。一定只是个误会!她脑子里浮现出靖南的脸孔:俊眉朗目,文质彬彬。这样的世家子弟应该是不凡的!哥哥的选择不会错的……她就这样坐在那儿,拼命安慰着自己那颗零乱的心。终于,新郎应酬已毕,回到新房中来了。照例又有许多规矩,闹房的客人来了一批又一批,丫鬟、喜娘在房中穿来穿去……终于终于,闲人散尽,房里只剩下新郎和新娘。慈妈最后一个离开,不太放心地说了一句:

"新郎新娘，称心如意，欢欢喜喜啊！"

"好说好说……"靖南有些不耐烦，"哇！怎么有这么多规矩？简直是折腾人嘛！"

慈妈退下。房里红烛高烧。

靖南坐上了床，带来一股刺鼻的酒气，他伸手去托她的下巴，笑嘻嘻地去看她的眼睛。

"他们说给我娶了个美人，我一直半信半疑，今天在牌坊下，风一吹，把头盖给掀了，我才知道果然如此！"

梦寒把头垂得低低的。奇怪他怎么笑得出来？但是，他提到牌坊，一定是要向她解释牌坊下的事了。她等待着。谁料，靖南下面没词了，伸手到她脖子上，摸摸索索地要去解那衣服上的扣子。梦寒大失所望，身子本能地一侧，就躲开了他的手。靖南愣了愣，再去看她的眼睛，这一看，梦寒眼中竟滚落了两滴泪。靖南怔了两秒钟，抬脚把一只鞋子脱掉，狠狠地摔了出去，大骂了一句：

"晦气！怎么人人要给我脸色看？连你这个新娘子也不例外？我怎么会这样倒霉？"

梦寒的心，顿时往下掉，沉进了一口深不见底的井里去了。靖南已没有什么情绪来管梦寒的心了。经过这样漫长的一天，他累了。把另一只鞋子也扔了出去，他和衣翻上了床，掀开被褥，他用力地捶捶枕头，又用力地捶捶棉被，然后重重地躺下，好一阵乒乒乓乓之后，就酣然入梦了。

梦寒呆呆地坐在那儿，动也不动。下意识地看着桌上高烧的红烛，红烛上的两簇火焰在跳跃着。跳着跳着，就变得无比的巨大，依稀是燃烧的纸人，也依稀是燃烧的花轿。她耳边又响起卓老妈那惨烈的哭喊声：

"烧啊！烧啊！烧啊……秋桐，你来啊，烧了曾家的牌坊，烧了他的婚姻，烧啊，烧啊……"

梦寒不禁激灵灵地打了个寒战，悄眼去看靖南，他已睡得很香很沉了。她简直不敢相信，经过这样的一个婚礼，他怎么还睡得着？怎么可能呢？怎么可能呢？到底，她嫁了怎样一个丈夫呢？

第二章

第二天，新娘子的大事，是拜见家里的每一分子。

曾家全家的人都聚集在大厅中，梦寒一个个地奉茶。

第一杯茶奉奶奶，梦寒看着那张不怒而威的脸孔，看着那庄重肃穆、不苟言笑的表情，再看着她手中拿着的那根沉重的龙头拐，几乎立刻能断定，她就是这个家庭里的最高权威。后来，证明了梦寒的判断丝毫不错。

第二杯茶奉公公曾牧白。牧白面貌清秀，恂恂儒雅，气质高贵。他年轻时一定是个美男子，现在，即使已年近五十，仍然给人一种风度翩翩的感觉。他的眼神很柔和，带着点儿难以觉察的忧郁。看着梦寒的眼光，几乎是充满歉意的。梦寒明白了，尽管靖南对"火烧花轿"的事件满不在乎，牧白却是十分在乎的。第三杯茶奉给婆婆文秀，文秀对梦寒慈祥地笑了笑。她是个相貌端庄，看起来十分恬静的女人，看得出来，她对老夫人执礼甚恭，对牧白也相当温顺，梦寒相信，她对靖南和靖萱，大概也不会大声大气的。一个在三代的夹缝中生存的女人，大概也有她的难处吧！

第四杯茶奉给小姑靖萱。后来，梦寒才知道，靖萱今年才刚满十五岁，难得的是，竟然那么解人！她接过了梦寒的茶，用一对清灵如水的眸子，温温柔柔地凝视着梦寒。她面目姣好，眉目如画。有白皙的皮肤和漆黑的头发，看起来又纯洁，又雅致，又美丽，又细腻，像一个精雕细琢的艺术品。梦寒立刻就爱上了这个女孩。

第五杯茶奉给了江雨杭。在一大家子姓"曾"的人当中，出来一个姓"江"的，确实有些奇怪。梦寒对雨杭的感觉，是非常奇异而强烈的。昨天那阵怪异的风，在梦寒的脑海中，曾经一再地吹起。至于他对卓家的态度，扑过来救火的勇猛，处理事情的明快……和他那对深邃的眼睛，都使她记忆深刻。这个人，到底是谁呢？"梦寒，"牧白似乎看出了梦寒眼底的迷惑，解释着说，"雨杭是我的义子，其实和亲儿子也没什么分别，曾家有好多的事业，现在都是雨杭在管理，曾家那条泰丰号货船，也是他在经营。他是我的左右手，也是靖南的好兄弟，以后你们就直呼名字吧！不必和他拘礼！"

梦寒看着雨杭，接触到的，又是那对深邃的眸子。他有一对会说话的眼睛，她模糊地想着，不知怎的，竟不敢和他的眼光相遇。她很快地对他扫过一眼，看到他唇边掠过了一丝难以觉察的微笑，笑得有一点儿苍凉。他看起来比靖南大很多，五官的轮廓都很深，是张有个性的脸。他身上有种遗世独立的飘逸，以及某种难以描述的沧桑感，使他在整个曾家，显得非常特殊。就像在一套细瓷茶杯中，杂进了一件陶器似的。奉茶的仪式结束后，大家围坐在大厅里，照例要话家常，增加彼此的认识。早有丫头们重新沏上了几壶好茶，又奉上了精致的点心。靖南还没坐定，就不耐烦地呼出一大口气，对奶奶说："奶奶！卓家的事让我太没面子了！好好一个婚礼，给他们闹成那样，我实在气不过，雨杭根本没把事情解决，说不定他们还会来闹，依我看，不如去告诉员警亭，让石厅长把他们全家都抓起来……""哥！等会儿再说嘛！"靖萱看了梦寒一眼。

"算了！已经闹到火烧花轿的地步，还要瞒梦寒吗？"奶奶一针见血地说，语气里充满了气恼。看着梦寒，她叹了口气，坦率地说："昨儿个在牌坊下面，让你受到惊吓，又受到委屈，都是咱们曾家事情没办好。你可别搁在心里犯别扭。"

梦寒点了点头，没敢说话。

"这件事说穿了，就是树大招风！"奶奶继续说，"秋桐在咱们家里待了五年，一直跟着靖南，咱们做长辈的也疏忽了，这丫头居然就有了非分之想。可是，咱们这种家庭，怎么会容纳秋桐呢？谁知她一个想不开就寻了短见，卓家逮着这个机会，就闹了个没了没休。我想，就是要钱。"老夫人认为对梦寒解释到这个程度，已经够了，转头去看雨杭，"雨杭，你到底给了多少？为什么他们家还不满意？你怎么允许他们闹成这样？""奶奶，"雨杭皱了皱眉头，有些懊恼地说，"这事是我办得不好，可是，那卓家的人，个个都很硬气，他们始终没收一个钱，随我说破了嘴，他们就是不要钱，我也没料到他们会大闹婚礼!""不要钱?"老夫人一怔,"不要钱,那他们要什么?"

"他们……"雨杭有些碍口,看了牧白一眼。

"说吧!"奶奶的龙头拐,在地上"咚"地跺了一下。

"他们说,"牧白接了口,"希望秋桐的牌位,能进咱们家的祠堂,算是靖南正式的小星。"

奶奶眼睛一瞪,脸色难看到了极点。

"什么话?"她勃然大怒地问。

"您先别气,"文秀急忙说,"咱们自然是没有答应,所以事情才会僵在那儿,本以为忙完了婚事,再来处理也不迟,谁知道会弄成这样……""这件事怎么能等呢?你们就是做事不牢!"奶奶气呼呼地说,"牌位进祠堂明明就是在刁难咱们,是敲诈的手段!他们要秋桐的牌位进曾家祠堂干什么?能吃能穿吗?你们用用脑筋就想明白了!""我看他们并不是敲诈,"雨杭摇了摇头,"那卓家一家子的人,脾气都很别扭,他们咬定秋桐不进曾家,会死不瞑目。认为事到如今,已无法挽回秋桐的生命,只能完成她的心愿,以慰在天之灵。""岂有此理!他们太过分了……"奶奶怒声说,"曾家的祠堂,是什么人都可以进的吗?又没三媒六聘,又没生儿育女,她凭什么进曾家祠堂?"

"奶奶!"靖萱忍不住仗义执言了,"也不能尽怪人家,都是哥哥不好,先欺负人家,又绝情绝义,才弄到今天的地步,想想秋桐,好好的一条命都送掉了……"

"靖萱!"奶奶一跺拐杖,大声一吼,"这儿有你说话的余地吗？女孩子家一点儿也不知道收敛！你是不是想去跪祠堂？"

靖萱一惊，慌忙住了口。

"奶奶，"雨杭乘机上前说，"能不能请您考虑一下，接受卓家的要求？毕竟，进祠堂的只是一座牌位而已！"

奶奶双眼一瞪，牧白急忙说：

"雨杭是实事求是，也许，这才是唯一能够化解纠纷的办法！""雨杭到底不是曾家人，说了奇怪的话也就罢了，牧白，你是怎么了？"奶奶紧盯着牧白，从鼻子里重重地吸着气，"你忘了咱们家的牌坊是怎么来的了？你忘了咱们的家规，咱们的骄傲了？像秋桐这样一个不贞不洁的女子，怎能进入我们曾家的祖祠呢？"牧白咽了口气，无言以对。雨杭垂下了眼睛，脸上有种无奈的悲哀。"没有别的商量，就是花钱消灾！不要舍不得钱！黑眼珠见了白银子，还会有解决不了的问题吗？雨杭，你放手去办，别给我省！这事就这样子，大家散了吧！该做什么就做什么去！"奶奶就这样笃定地，坚毅地做了结论。全家没有一个人再敢说任何话。大家站起身来，纷纷向老夫人请安告退，各就各位去了。真没料到，新婚的第二天，和曾家的第一次团聚，谈的全是新郎身边的那个女子卓秋桐。梦寒对这件家务事，自始至终没有插过一句嘴，她好像是个局外人。但是，她的心，却紧紧地揪起来了。因为，她知道，她不是局外人。有个痴心的女子，为了她那个负心的丈夫而送了命。她怎能将这么悲惨的事，置之度外呢？她太沮丧了，太无助了，她多么希望，她不曾嫁到曾家来呀！这天晚上，靖南一心一意想完成他昨晚被耽误了的"洞房"，梦寒一心一意想和靖南谈谈那个"秋桐"，两人各想各的，都是心神不定。靖南已屏退了丫鬟和闲杂人等，坐在床沿上，两条腿晃呀晃的，等着梦寒前来侍候。谁知等了老半天，梦寒毫无动静。他抬眼一看，只见梦寒垮着一张脸，坐在桌子前面，背脊挺得直直的，身子动也不动。靖南开始脱鞋子，解衣扣，故意哼哼唧唧，好像在做什么艰巨的大事似的。梦寒忍不住抬眼看去，见他把衣扣弄了个乱七八糟，一件长衫也可以在身上拖拖拉拉，实在让人惊叹。她心中有气，头就垂了下去。

靖南这一下冒火了，跳起来冲着她一叫：

"你是木头人哪！新娘子怎么当，难道没人教过你吗？"

梦寒惊跳了一下，还来不及说什么，靖南又一连串地发作："就会坐在那儿干瞪眼，要是秋桐的话，早奔过来给我宽衣解带，端茶送水，还带投怀送抱呢！哪会叫我在这儿左等右等，等得人都上了火！"

梦寒太惊讶了，怎样都不会想到靖南会说出这些话，两天以来，在心里积压的各种委屈，齐涌心头，再也忍不住，两行热泪，就夺眶而出。靖南已把那件长衫给扯下来了，抬头一看，梦寒居然在掉泪，真是又懊恼，又生气。

"哇！"他叫着，"我怎么这样苦命啊！不知道他们打哪儿给我找来这样的新娘子？昨儿个哭，今儿个又哭，你是怎么不吉利，怎么触霉头，你就怎么做，是不是？"

梦寒深深地抽了一口气，憋在心里的气愤，就再也无法控制,她终于开了口,激动地说了:"当然不是,谁不想做一个欢欢喜喜的新娘子呢?昨天,是我生命中最重要的一个日子,我满怀着庄严、喜悦,和期盼的情绪,对于我的丈夫,我的新婚之夜,以及未来种种,也有许许多多美好的憧憬,可是,迎接我的是什么呢?是一个丧葬队伍,是血泪斑斑的控诉,是惊心动魄的烧花轿,还有恶狠狠的诅咒……请你替我想一想,我怎么能不感到委屈和难过?我怎么样忍得住眼泪呢?现在,还要在这儿听你告诉我,秋桐是如何如何侍候你的,你考虑过我的感觉没有?"

靖南太意外了,没想到这个新娘子不开口则已,一开口居然说了这样一大篇。他抓抓头,抓抓耳朵,在不耐烦之余,或多或少,也有点儿心虚。

"是啊是啊,这件事我难道不怄吗?我能未卜先知的话,我根本就不会让它发生了嘛!可它就是发生了,那……还能怎么办呢?发生过就算了嘛,把它抛在脑后,忘了不就结了!"

"忘了?"梦寒紧盯着靖南,不敢相信地问,"你刚刚还在说她这样好那样好,显然和她确实恩恩爱爱过……现在,她为你送了命,你心底有没有伤心?有没有歉意?你真忘得了吗?""哎!秋桐是自杀的呀,看你看我这个样子,好像是我杀了人似的!""你虽不杀伯仁,伯仁因你而死,你难辞其咎啊!"

"你别在那儿净派我的不是,"靖南不耐烦地喊,"让我坦白告诉你吧,我原来和秋桐过得好好的,还不是为了你,为了履行跟你的婚约,我只好狠了心把她给撵走,我对她失信,不守诺言,也是为了你,怕你一进门,就发现我身边有个小妾,会心里不舒服。谁知道,这人算不如天算,还是弄得这样鸡飞狗跳的!要瞒你的事也瞒不住了!现在,你明白了吧?都是为了你,我才会对秋桐绝情的,逼死秋桐的,不只是我,你也有份啊!"听了这样的话,梦寒的眼睛是睁得不能再大了。她呆呆地怔在那儿,连应对的能力都没有了,分析的能力也没有了。她看着靖南那张白白净净的脸孔,奇怪着,他到底和她是不是同一种人类,怎么他说的话,她都听不懂呢?

"好了好了,春宵一刻值千金哪,为什么要把大好时光,浪费在这些煞风景的事上面!咱们不说了,好不好?好不好?"他开始耍赖了。一面说着,他就一面腻了过来,伸手就去搂梦寒的脖子。梦寒身子一闪,就闪开了他。看到他这种不长进的样子,真是又气又恨:"你别动手动脚,此时此刻,你还有这种心思!"

"说笑话!"靖南变了脸,"都是夫妻,怎么不可以动手动脚?快跟我上床来!"他伸手去拉住梦寒,往床上拖去。

"不要!"梦寒挣脱了他,"我不要!"

"你不要?"靖南生气了,冒火地怪叫了起来,"你怎么可以'不要'?你是我的老婆,上床侍候我是你应尽的义务,怎么可以不要?你到底受没受过教育?懂不懂三从四德?"

"或者,我就是受的教育太多了,让我没办法接受你这种人,"梦寒悲哀地说,"我不了解你,我一点也不了解你,如果秋桐和你曾有过肌肤之亲,你怎能在她尸骨未寒时,去和另一个女人……""秋桐!秋桐!"靖南恼火地大叫,"这两天,我已经听够了这个名字,我不要听了!你这个新娘子也真怪,一说就没个完!你不许再说了!过来,过来……"他用力地一把攥住了她,把她死命往床上拖去。

"不要!"她喊了一声,奋力挣扎,竟给她挣脱了靖南的掌握。她往门口就逃,嘴里乱七八糟地喊着:"请你不要这样,即使是夫妻,也要两相情愿呀!你这样对我用强,我不会原谅你……""哈!说的什么鬼话!我今天如果不能把你制住,我还是'丈夫'吗?"他冲上前来,从背后拦腰就把她给牢牢抱住。一直拖到了床边,用力一摔,就把她摔到了床上,他再扑上床,紧紧地压住了她。用一只手的胳臂拐压在她的胸口,用另一只手去撕扯她的衣服,只听到"刺啦"一声,她胸前的衣襟已经被撕裂了。这撕裂的声音,同时也撕裂了梦寒那纤细的心。她还想做徒劳的挣扎。"不要,不要啊……放开我,求求你……"她哭了起来,转头喊,"慈妈!慈妈!快来救我啊……""太好笑了,真会笑死人,"靖南一面说,一面继续撕扯她的衣服,"你最好把全家都叫来看笑话……哪有新娘子在洞房里叫奶妈的?"又是"刺啦"一声,她的心彻彻底底地被撕成碎片了。她失去了挣扎的力气,被动地躺着,被动地让他为所欲为……他有这个权利,因为他是"丈夫"!她的泪,却疯狂般地沿着眼角向下滚落。

第三章

几天后，靖萱才和梦寒，再一次谈到秋桐，这次，梦寒对秋桐的事，是真的了解了。

这天，靖萱带着梦寒参观"曾家大院"，"曾家大院"是白沙镇对曾家这座古老庭院的一个俗称。她们走着走着，就走到了祠堂。对这个供着祖先牌位的、神圣的地方，梦寒不能不特别地注意。事实上，她结婚那天，是先进祠堂拜祖先，再进大厅拜天地的。但是，那天太混乱了，太狼狈了，她连祠堂长得是什么样子都不知道。现在，看着那阴沉沉的房间，那高墙厚壁，和那一座座祖先的牌位，矗立在那儿像座小森林似的，不禁让人心中一凛，敬畏之心，油然而生。靖萱拉着她，小声地说："你来看看这道门，又厚又重，是全家最厚的一座门！这座门里面外面都有大木闩，如果从里面闩住，外面的人就进不去，如果从外面闩住，里面的人就出不来……这是个惩罚人的地方！""惩罚人的地方？"梦寒听不懂。

"是啊!"靖萱睁大眼睛,似乎不胜寒瑟,"如果家里有人犯了错,奶奶一声令下,就得关进这儿来,在祖宗面前罚跪,一个钟头,大半天的,甚至几天几夜都有!到时候,外面的门闩一闩,关在这里面,是呼天不应,叫地不灵的!"

梦寒不禁打了个冷战。

"这么严厉的家规……"她望着靖萱,忍不住问了出来,"怎么还会发生秋桐的事?那……秋桐,是怎样一个人呢?"

靖萱愣了愣,犹豫了一下,见梦寒亲切诚恳,就藏不住秘密,坦白地说:"大家都说,不要和你谈秋桐的事,可是,你既然问了,我就没办法不说。"她的眼圈红了,"那秋桐是个很漂亮的丫头,今年才十九岁,人好得很,对我尤其好。我每星期去田老师那儿学画,都是秋桐陪我去,有时候,也带我去她家里玩,所以,我从小就认得秋阳、秋贵,他们并不是不讲理、胡作非为的人,那天会去牌坊下面大闹,实在是哥哥太对不起人家了!"梦寒低下头去,虽然心里早就有数,仍然忍不住一阵失望和痛楚。靖萱见她的表情,就有些后悔自己说太多了,急忙又补充说:"其实我哥哥也不是坏人,他就是被宠坏了嘛!全家人人都让着他,谁都不敢说他一句,每次跪祠堂,可没哥哥的事!你知道,咱们家从我祖父开始,就是三代单传,我娘头胎生了个女儿,还来不及取名字就夭折了,后来生了个儿子,取名靖亚,长到两岁也夭折了,然后才是靖南。那么,你可以想象,他有多么宝贝,多么珍贵了,全家人就这么宠着他,顺着他,有时候,简直是供着他！这样，他就任性惯了。秋桐的事，本来也不至于弄得那么糟，可是，哥哥一听说定了你这门亲，又听说你是个'才貌双全'的女子，就不想要她了，又怕她留在家里坏事，硬把人家送回家去，才逼得秋桐上了吊……"靖萱见梦寒脸色沉重，默然不语，蓦然醒觉，连忙再说：

"不过，你放心，真的放心，咱们家有雨杭！他好能干，什么事都会解决，所以，他一定会把秋桐的事解决得圆圆满满的，你一点都不用操心，真的！真的！"

但是，秋桐的事情并没有解决。这天一早，卓老爹、卓老妈、秋贵和秋阳一家四口，把雨杭给他们送去的三百块钱，全都给送回来了。三百块的现大洋，必须用一个小木箱才装得下。雨杭送去的时候，正好卓老爹和秋贵出去拉车了，秋阳又在学校，家里只有一个卓老妈，所以，雨杭说了一车子好话以后，把三百块钱放下就走了。但是，卓家这一家子怪人，黑眼珠见了白银子，居然连眨都不眨，怎样送去的，就怎样还回来了。站在院子里，他们也不进大厅，把小木箱往大厅的台阶上一放，对老尤说："去告诉你们家老爷和少爷，三百块大洋送回来了，一个镚子都不少，请他们出来一个人，点点清楚！"

牧白还没出来，靖南得到了消息，先跑出来了。一看到卓家这四个人，他就一肚子气，对卓老爹摩拳擦掌地大叫起来："你们这是什么意思？就是跟我耗上了，存心不让我有好日子过，是不是？"

秋贵见他还是这样恶形恶状，气得咬牙切齿，大声地说：

"如果你自己不做亏心事，今天谁要来跟你耗着？这件事从头到尾，出面的不是你爹，就是江大哥！你老躲在他们后面不吭气，我最瞧不起你这种人，所以你说对了，咱们就是要跟你耗上，让你没好日子过，因为你根本不是个东西！"

"你才不是个东西！"靖南大吼了一声，对着秋贵的下巴就挥去了一拳。秋贵是个吃劳力饭的，哪里把靖南的拳头放在眼睛里，轻轻一闪，靖南就打了个空。秋贵一反手，抓住了靖南胸前的衣服，就狠狠地回了他一拳。靖南被这一拳打得飞跌了出去，背脊又撞上了假山，跌在地上大叫哎哟。这样一闹，家丁们全都奔了出来。大家慌忙跑过去扶起靖南。靖南一见家丁众多，气势就壮了，再摸摸自己流血的嘴角，怒不可遏地对家丁们叫着："去把那兄弟两个给我抓起来，给我狠狠地打！"

立刻，家丁们一拥而上，抓住了秋贵、秋阳两兄弟。两兄弟虽然也奋力反抗，怎奈双拳难敌四手，对方人多势众，没有三下两下，兄弟俩已被众家丁制伏。好几个人扣住了秋贵的手，不住地捶打他的胸膛和肚子。秋阳更惨，被几个壮丁给压在地上痛揍。卓老爹和卓老妈在一边呼天抢地喊着：

"杀人啊！杀人啊！天啊……秋桐，你在哪儿？你怎么不显灵啊……"靖南听到这样的话，更加愤恨，对卓老爹挥着拳头嚷：

"那天在牌坊下，我已经被你们触尽霉头！因为是婚礼，才拿你们没奈何！你们胆敢烧花轿，闹我的婚礼，我早就要和你们算账了，你们居然敬酒不吃吃罚酒，今天还敢上我家的门！我不给你们一点颜色看看，老虎要被你们当成病猫了！阿威、大昌，给我打！给我用力地打！"

"我跟你们拼了！"卓老爹情急地上前来救儿子，去拉扯那些压住秋阳的家丁，还没拉扯两三下，就被好几个人抱住了，拳打脚踢。"天啊！天啊！"卓老妈眼看父子都已吃了大亏，在旁边又跳又叫，"住手，快住手啊……我们是来还钱，不是来打架啊！放开他们！放开放开啊……"她张着双手，不知该奔向哪一边才好。正在一团混乱中，牧白、雨杭、靖萱、梦寒、文秀、奶奶全都被惊动了，纷纷带着丫头老妈子们，奔出来看个究竟。一见到院子里这等状况，牧白就脸色大变，生气地对家丁们怒吼着："谁允许你们动手打人的？还不赶快放开他们？放开放开！"家丁们见牧白和奶奶都出来了，慌忙住手。卓老爹父子三个这才脱困，三人都被打得鼻青脸肿，好生狼狈。尤其是年轻的秋阳，满身都是尘土，鼻子还流着血。

"奶奶！"靖南立即奔向奶奶，指着自己的嘴角说，"您瞧，他们一进门就打人，如果我们不还手，我大概被他们打死了！奶奶，您快想个办法，我被他们这一家子缠住了，雨杭根本没有能力解决问题，再这样下去，我迟早会被他们给暗算了！"

"曾靖南！到底是谁先动手？"秋阳气得哇哇大叫，"你不要欺人太甚！我真恨不得给你一刀，把你的心挖出来，看看是什么颜色……""奶奶，你听你听……"靖南喊着。

奶奶的龙头拐在地上重重地跺了跺，发出沉重的"笃笃"

声响。她严厉地看向卓家四口,"哼"了一声,愤愤地说:

"好!在牌坊下面闹,又到咱们曾家大院里来闹!这还有王法吗?光天化日之下,聚众行凶!"她转头对牧白和雨杭说,"事已至此,再也没有和解的可能,你们立刻把这帮狂徒,给我押到员警亭去!""不!"忽然间,人群中有个清脆而有力的声音传了出来,大家惊愕地看过去,只见梦寒已排众而出,一直走到奶奶面前。大家都惊呆了,因为,在曾家,还没有人敢直接对奶奶用"不"字。"你说什么?"奶奶错愕地看着梦寒,有点不敢相信自己的耳朵。"奶奶,我斗胆请您听我说几句话!"梦寒勇敢而坚定地说,"关于卓家同咱们曾家的纠纷,这几天下来,整个来龙去脉,我大致了解了,尤其靖南对我说过,这场纠纷之无法解决,主要就是因为我,因为太重视我们这个婚姻,才不能圆满安排秋桐。所以,我心里深感抱歉和遗憾。假如说,今天秋桐还活着,在我进门之后,知道有这样一位姑娘,细心体贴地照顾着靖南,两人间又有情有义,那么,我想,我会接纳秋桐,而且,会尊敬这份感情的!但是,很无奈,今天咱们所面对的,是个无法挽回的悲剧了!怎么还忍心把这个悲剧扩大呢?秋桐人已经死了,卓家要求的也不过是给死者一个名分,想想秋桐,生前确实是靖南的人,这是抹杀不掉的事实,所以,她进不进祠堂,都是曾家的人。那么,我们何不就让秋桐的牌位,进入曾家的祠堂,让生者得到安慰,死者得到安息呢!"这一番话,说得人人惊愕。卓家四口,是太意外又太感动了,怎样都没料到,说进他们内心深处的,竟是靖南的新娘子!曾家人个个面面相觑,不知道梦寒怎有这么大的胆量,敢对奶奶说这些话。牧白不禁暗暗颔首,靖南暗暗生气,靖萱暗暗佩服,而雨杭,不能不对梦寒刮目相看了。

奶奶的手,紧紧地握着拐杖的柄,神情僵硬着,紧绷着,一语不发。"再说,"梦寒并没有被奶奶的神色吓倒,继续说了下去,"咱们曾家,有七道牌坊,是忠孝节义之家,这样的家庭,应该是仁慈而宽厚的。我们有的,并不仅仅是祖先留下的石头牌坊,对不对?我们后人,对前人的高风亮节,一定心向往之吧!那么,对于曾经侍候过靖南的秋桐,应该也有一份怀念,一份追悼,和一份惋惜吧!咱们何不把这份怀念和惋惜,更具体地表现出来呢?"她哀恳般地抬头看着奶奶,"奶奶,我知道,以我刚进门的身份地位,实在没有说话的资格,可是,这件事和靖南息息相关,我实在无法沉默。请奶奶三思!我在这儿,给您跪下了!"说完,她就跪在奶奶面前了。

这时,牧白再也忍不住,激动地上前说:

"娘!难得梦寒如此深明大义,我觉得咱们全家都应该支持她!假如咱们早就能有她这样的胸襟气度,像她一样勇于表达,那么秋桐的悲剧,或许可以避免。现在,这个名分,真是咱们欠秋桐的!"

奶奶脸孔抽动了一下,震动已极。

牧白一开口,雨杭也无法沉默了,走上前去,诚恳地接口:"奶奶,这件事我从头到尾办得乱七八糟,就因为卓家的伤心,根本不是金钱可以弥补的。只有出于感情,出于人性,才能化干戈为玉帛,奶奶,请您不要再坚持了吧!"

"娘!"沉静的文秀也熬不住了,"这三天两头地闹,大家都受不了,弄得我一天到晚担惊受怕的,晚上都睡不着觉……真要闹到员警亭去,恐怕咱们家的面子也不好看……"

"奶奶,奶奶,"靖萱热烈地响应,"秋桐在我们家那么多年,不只侍候了哥哥,也侍候了您啊,我更是从小就跟着她长大的,她在咱们家,没有功劳,也有苦劳啊!"

这样的异口同声,全家有志一同,使奶奶的惊异淹没了愤怒。她看看梦寒,再看看那一张张迫切的脸孔,终于深深地抽了一口气,勉强压制住自己的懊恼和愤恨,她冷冰冰地说:"好吧!我再不点头,倒好像是我不明是非,不够宽厚仁慈了!"她的目光,冷幽幽地盯着梦寒,从齿缝中迸出两句话来,"起来吧!我就成全你了!"

"谢谢奶奶!谢谢奶奶!"梦寒连连磕下头去。

奶奶拄着拐杖,掉头就走,经过靖南身边时,对他投去森冷的一瞥,轻飘飘地说了一句:

"别把新媳妇宠得无法无天!"

靖南一惊,有口难言,不禁恨恨地瞪了梦寒一眼。

奶奶一走,靖萱就再也无法掩饰自己的崇拜和高兴了,她奔上前去,扶起了梦寒,紧紧地握住她的手,激动地说:

"只有你,敢对奶奶说这些话,你太伟大了!"

卓家四口,此时已喜出望外,卓老爹仰头看天,泪落如雨地说:"秋桐,孩子啊,咱们总算为你争得你该有的名分了!"

卓老妈颤颤抖抖地,不停地,喃喃地自言自语:

"秋桐啊……你安息吧,安息吧……爹和娘对不起你,把你送来当丫头,让你年纪轻轻的,就这么不情不愿地走了……可咱们为你办到了,你的人进不了曾家的大门,你的魂可以进曾家了……安息吧,安息吧……"

鼻青脸肿的秋贵,和满脸血污的秋阳,走上前去,扶着歪歪倒倒的父母,一时间,悲从中来,四个人忍不住抱头痛哭。梦寒和靖萱,眼睛都不由自主地潮湿了。

此时,牧白提着那一箱钱,走到卓家四口身边,诚挚地说:"来!这些钱拿着,快带两个儿子看大夫去吧!"

卓老爹往后猛然一退,忙不迭地摇手拒绝:

"咱们不要……咱们不收这个……"

"算是我们给秋桐的聘金吧!"牧白说,"昨天,这些钱是要收买你们的尊严,但是今天,曾家和卓家已经变成亲家了,你们还有什么理由拒绝一个亲家公的诚意呢?"

"我……我……"憨厚的卓老爹,不知道要说什么好。

"卓老爹,"雨杭走了过来,把小木箱塞进了他的手里,"你们就不要再推辞了,这是我干爹的一番诚意,接受了吧!想当初,你们送秋桐来当丫头,不就是为了赚点钱给秋阳念书吗?把这个钱拿去,给秋贵娶个媳妇,再好好地栽培秋阳吧!秋桐的在天之灵,或许可以瞑目了!"

卓老爹听到雨杭这样说,就不好再推辞了。把小木箱放在一边,他恭恭敬敬地甩了甩衣袖,拉着卓老妈,回头对秋贵、秋阳说:"让咱们一家四口,来叩谢咱们的恩人吧!"

于是,一家四口,全部对梦寒跪了下去,咚咚咚地磕起头来。"快起来！快起来！"梦寒慌忙说，"这怎么敢当？你们要折煞我了！"她说她的，那四个人含着眼泪，却只管磕头，连连磕了好多个头，才在雨杭和牧白的搀扶阻止下，站起身来。

"谢谢少奶奶，"卓老妈老泪纵横，后悔得不得了，"对不起，那天烧了你的花轿，闹了你的婚礼，我再给你磕个头……""不要不要，千万别再给我磕头了，"梦寒扶住了卓老妈，眼圈红红的，温柔地说，"什么都别说了，都过去了。你们快去治伤要紧！""是！是！"卓老爹顺从地，一迭连声地应着，四个人千恩万谢地出门去。牧白、雨杭、靖萱和梦寒都送到了大门口，像真的亲家一样，挥手道别。只有靖南站在那儿不动，气得脸色发青。奶奶隔着一道玻璃窗，在大厅内向外望，把这一幕看得清清楚楚。她挺直了背脊，高高地昂着头，身子笔直，像一尊雕像一般。她的脸色阴沉，一双手紧紧地握着龙头拐的木柄，握得那么用力，手背上的青筋都暴露了出来。

第四章

十天后,秋桐的牌位正式进了曾家祠堂。

为了这个牌位进祠堂,曾家还有个小小的仪式。曾家和卓家两家人,都分立两旁,由靖南手捧牌位,向祖宗祝告:

"嗣孙曾靖南,有妾卓氏,闺名秋桐,兰摧蕙折,以此吉日,牌位入祠,敢申虔告,祖宗佑之……"

祝祷完毕以后,靖南对祖宗磕了三个头,就把牌位送到那黑压压的许多牌位中,最后面,最旁边,最不起眼的一个地方,给安置了上去。曾、卓两家人,都微微弯腰行礼,以示对死者的尊敬。卓老爹看到牌位终于进了曾家的祖祠,不禁落下泪来,低低地说了一句:

"秋桐,你的终身大事,爹给你办完了,你正了名,也正了身!"卓家的人,个个低头拭泪。梦寒看着,心里真有几百种感触。前两天,她曾经就这个问题,和雨杭谈了两句:

"其实,我有一点迷惑,卓家为什么这样在乎牌位进不进得了祠堂？人都不在了，牌位进祠堂又能弥补什么呢？"

"这就是卓家的悲哀，"雨杭叹了口气说，"他们实在不知道怎样才能安慰死者，或者，是他们实在不知道怎样才能安慰他们自己。曾家这个姓，对他们来说，太高贵了，这是几百年传下来的荣耀。他们已无法挽回秋桐的生命，就只能设法给她这点儿虚无缥缈的荣耀，说穿了，是十分可怜的！"

现在，站在这儿，看到卓家人似乎已得到很大的安慰，梦寒就更体会出这份悲哀了！好可怜的卓家，好可怜的秋桐！看着秋桐那小小的牌位，可怜兮兮地站立在曾家那许许多多的牌位后面，她不禁深深地同情起秋桐来，她不知道人死后是不是真有灵魂，如果真有，秋桐又是不是真想进曾家的祠堂？为了靖南这样一个负心汉送掉了性命，她的魂魄，还要被曾家的列祖列宗看守着！真的，好可怜的秋桐！

仪式已毕，梦寒就急忙走到卓家人的面前，把自己准备的一个小包包打开，拿出里面一件件的礼物，分送给卓家的人，一面说："我自己做的一点儿东西，不成敬意，这个烟荷包是给老爹的，这头巾是给老妈的，这钱袋是给秋贵的，这个袋子是给秋阳的，装砚台毛笔用！"

卓家人面面相觑，感动得不知要怎样才好。

曾家人也是面面相觑，惊愕得不知道说什么才好。只有靖萱，受到梦寒的传染，一个激动之下，也奔上前来，拔下插在襟上的一支钢笔，递给秋阳说：

"我这儿有支自来水笔，是上次雨杭从上海带来给我的，可我不上学堂，用处不大，你若不在乎是用过的，就拿去记笔记用吧！算是我的一点点心意！"

秋阳看着靖萱那澄净的大眼睛，感动到了极点，双手接过钢笔，态度几乎是虔诚的。卓老爹更是不住地鞠躬，嗫嗫嚅嚅地说："你们不嫌弃咱们，还送咱们东西，这真是……"

"说什么嫌弃的话，既是亲家就是一家人，我们表示一点儿心意也是应该的！"梦寒连忙安慰着卓老爹。

此时，奶奶把拐杖在地上重重一跺，声色俱厉地说了一句："好了，仪式已经结束，大家统统离开祠堂吧！要应酬，到别的地方去！"说完，她拄着拐杖，掉头就走了。

梦寒一惊，抬起头来，正好接触到靖南的眼光，他那么恶狠狠地瞪着她，使她心中陡然掠过一阵凉意，她忽然觉得，自己连秋桐都不如，秋桐还有过被爱的时光，自己却什么都没有。卓家的人一离去，奶奶就把梦寒和靖萱全叫进了她的房里。"你们两个都给我跪下！"奶奶厉声说。

梦寒和靖萱什么话都不敢说，就双双跪了下去。

"梦寒！你知不知错？"

"我……"梦寒嗫嚅了一下，很无奈地说，"是不是不该给卓家人礼物？""可见你心里也知道这件事做得多么唐突！"奶奶很生气地说，"第一，咱们曾家从没有这样的规矩，就算要定出这个新规矩，做主的也该是我这个老奶奶，还轮不到你！第二，不管是对内也好，对外也好，谁够资格代表全家来发言，那都得按辈分来安排，可是今天在祠堂里，你却逾越辈分，冒昧开口！在这方面，你一向孟浪，上回初犯，我念你是新妇，不知者不罪，如今你进门都快一个月了，家里的规矩,你不能说还不知道,那么就是明知故犯,我必须以家规来惩罚你!以免你目无尊长,一犯再犯!"

梦寒低垂着头,默然不语。

"靖萱!"奶奶瞪向靖萱,"你更不像样!自己身上带着的东西也敢随便送人!你嫂嫂是新媳妇,难道你也是新女儿吗?家里的规矩,梦寒糊涂,你也跟着糊涂吗?现在,罚你们姑嫂两个,进祠堂去跪上半日!"

梦寒见牵连了靖萱,一急,就脱口而出:

"请奶奶不要罚靖萱,她年纪小,看我这么做,跟着模仿而已……""现在加罚半日,变成一日!"奶奶头也不抬地说。回头做了个手势,身边的张嫂已忙不迭地递上了水烟袋。

梦寒呆了呆,连忙问:

"您的意思,是说我加罚半日,靖萱就不用罚了,是不是?"

"不要不要!"靖萱忍不住叫了出来,"别给嫂嫂加罚,我自己跪我自己的份儿,奶奶,我知错了,我去跪祠堂!"

"现在加罚一夜,变成一日一夜,两个一起罚!"奶奶抽着水烟袋,冷冷地问,"谁还要说话吗?"

梦寒确实想说话,但是,靖萱拼命用手拉扯着梦寒的衣摆,示意她不要再说,于是,她知道,越说越坏,只能噤口不语。就这样,梦寒和靖萱,被关进了祠堂,足足跪了一天一夜。新婚还不到一个月,梦寒就尝到了"跪祠堂"的滋味。自从嫁到曾家来,从"拜牌坊"开始,她已经知道自己的婚姻是个悲剧。但,这一天一夜中,才让她真正体会到悲剧之外的悲剧。夫妻不和也就罢了，这家庭里的重重枷锁，根本不是一个正常人所能承受的！想起以后的漫长岁月，梦寒是真的不寒而栗了。梦寒被关进了祠堂里，慈妈吓得魂飞魄散，她飞奔到靖南那儿去求救，正好牧白和雨杭都在那儿，也正为姑嫂二人的罚跪在商讨着。慈妈对着靖南，倒身就拜，哀求地说：

"姑爷！你赶快去救救少奶奶吧！她好歹是你的新媳妇呀！在娘家，她可从没有受过丝毫委屈！现在已经不是小孩子了，怎么还作兴罚跪呢？如果一定要罚，让我这个老奶妈来代她跪吧！小姐毕竟是金枝玉叶啊！"

"哈！"靖南幸灾乐祸地说，"在你们家是金枝玉叶，在我们家可不是！她这样不懂规矩，没轻没重，早就该罚了！让她好好受点教训，她才会收敛收敛她那股气焰！奶奶罚得好，代我出了一口气！我干吗再去求情？我巴不得她多跪两天呢！"

慈妈不敢相信地看着靖南，激动地说：

"她是你的新媳妇啊，你怎么不肯多疼惜她一点儿呢？说什么气焰？她哪儿有呀，曾家规矩多，可也得慢慢地教给她呀，才嫁过来不到一个月，就去罚跪，让她多难堪呢！"

"她如果知道难堪，以后就少说话，少出风头，少乱出主意！否则，就只好拿祠堂当卧房了！"靖南轻松地甩了甩袖子，"哗啦"一声，打开一把折扇来扇着风。

"靖南，你就去一趟奶奶房，跟奶奶说点好听的，看看能不能帮梦寒和靖萱一点忙！"牧白说，"奶奶最疼你，只有你去说，或者会有一点用！"

"我干吗去说？"靖南眼睛一瞪，"打从进门到今天，梦寒就没跟我说过一句半句好听的，这种老婆，要我挑她的错，几箩筐都装不完，我干吗还要帮她去说？好听的呀，没有！"

站在一旁的雨杭，气得脸色铁青。

雨杭打从听到梦寒被奶奶罚跪祠堂，心里就又急又怒。自从牌坊下，梦寒的头盖被那阵奇异的风给掀走，两人的目光仓皇一接开始，梦寒在他心里已经不知不觉地生了根。接着，看到梦寒如此辛苦地在适应她那"新媳妇"的角色，如此"委曲求全"地处理秋桐事件，他对她的感觉就更加强烈了。梦寒的外表，看起来是"我见犹怜，弱不禁风"的，但，她的骨子里，却有那样一种"温柔的坚强"，使人感动，使人怜惜。可是，这样的梦寒，却要被罚跪祠堂，而那"始作孽者"，却拿着扇子在扇风，嘴里说着莫名其妙的"风凉话"，简直可恨极了！雨杭瞪着靖南，见他那副嘴脸，已经气不打一处来，一个按捺不住，就往前一冲，伸手揪住了靖南胸前的衣服，大声地说："你不要在这儿油嘴滑舌了，拿出一点良心来，赶快去向奶奶求情！""哟哟哟，你拉拉扯扯干什么？皇帝不急，你太监急个什么劲儿？"靖南挣开了他的手，检查着自己的衣裳，"你瞧，你瞧！"他生气地嚷嚷，"新做的一件长衫，你就给我把纽扣襻儿都扯掉了！你有病啊？"

雨杭气坏了，转向了牧白：

"他关心一件衣裳更胜于梦寒，那么，你呢？"

牧白一呆，十分为难地看着雨杭。

"干爹，"雨杭急迫地说，"这是你家的事，我没有任何立场说话，但是有立场说话的人偏偏不可理喻，那么，你要不要仗义执言呢？""这……"牧白皱了皱眉头，说，"雨杭，你知道奶奶那个脾气，她根本就不愿意秋桐的牌位进祠堂，今天是借题发挥，和梦寒算总账。现在，除了靖南之外，任谁去说，都不是帮梦寒的忙，反而会害她更遭殃……"

"我真不敢相信，"雨杭激动地打断了牧白，"梦寒做了一件仁慈宽厚、充满温情的事，可她被罚跪祠堂，而真正的罪魁祸首却逍遥自在，然后你和干娘，居然没有一个人要帮梦寒说句公道话！""喂！"靖南冒火了，对着雨杭一吼，"你真是狗拿耗子，多管闲事！这我家的媳妇，我家爱怎么罚就怎么罚，不关你江家的事！你少在这儿不清不楚了！"

雨杭还没说话，牧白就对着靖南脑袋上拍了一掌，骂着说："跟你说过多少次，一定要尊敬雨杭，你当我的话是耳边风呀？何况，他说得有理，你闯的祸，让全家为你奔走操心，连你的新媳妇都为你罚跪，你还在这里风言风语，我怎么会生了你这样的儿子？你气死我了！"

"你就会骂我，你一天到晚，就在这儿挑我的不是！"靖南吼向了牧白，"我知道，你心里只有干儿子，没有亲儿子！秋桐的事，就是被你这个干儿子办得乱七八糟，才弄到今天这个地步！如果他能干一点，早就让卓家封了口，又何至于要闹到牌位进祠堂……"雨杭听到这儿，实在听不下去了，气得浑身发抖，一转身，他掉头就奔出门外去了。整夜，他都没有回家，去住在那条"泰丰号"货船上面。他有一支笛子,他就坐在那甲板上,吹了一夜的笛子。每次雨杭心里不痛快,他都会跑到码头上去,待上一整夜,甚至好几天。

梦寒和靖萱,就在祠堂内,足足地关了一天一夜。当梦寒放出来的时候,已经脸色发白,手脚冰冷。慈妈扶着她,她的两条腿一直发着抖,好久好久,都无法走路。靖萱反而没什么,她说她是跪惯了,有经验的原因。还对梦寒说:

"下一次,你就不会觉得这么可怕了。"

还会有下一次吗?慈妈吓得胆战心惊。拉着梦寒,悄声说:"咱们回屯溪吧!这儿太可怕了!"

"哥哥已经去四川了,回屯溪又能去哪儿?何况,上次回娘家时,哥哥给了我一个字,就是'忍',我除了忍,还能怎样呢?"梦寒悲哀地说,"事到如今,我只有自求多福,你放心,我以后不会再去惹奶奶了,我会避着她,不跟她唱反调,我知道厉害了!""姑爷好狠的心!"慈妈忍不住说,"老爷和雨杭少爷都要他去向奶奶求情,他就是不去!雨杭少爷气得和他大吵,差一点动手呢!"

梦寒心中一动。雨杭,这个名字从她心中掠了过去,带来一阵温柔的酸楚,使她在心灰意冷的情绪里,生出一丝丝的温暖来,毕竟,曾家的屋檐下,还是有人会为她说几句公道话!但是,这个江雨杭到底来自何方?为什么要为曾家做牛做马呢?三天后,她终于知道,江雨杭是怎样一个人了。

那天下午,梦寒经过花园里的水榭时,听到有人在里面吹笛子。笛声十分悠扬悦耳,她被笛声吸引了,站在水榭外面听了好久。直到笛声停止了,她才惊觉地预备转身离去。

还来不及走开,却见雨杭带着他的笛子走了出来。两人一个照面之下,不禁双双一愣。梦寒有些局促地说:

"听到笛子的声音,就身不由己地站住了!你……吹得真好听!""是吗?"他眼中闪着光彩,因她的驻足倾听而有份意外的喜悦,"从小就喜欢音乐,学了不少的乐器,我还会吹萨克斯风,一种外国乐器,将来吹给你听!"他很自然地说着,说完,他不由自主地凝视了她一会儿,眼中盛满了关怀,很温柔地问,"你,还好吗?""还……还好。"不知怎的,她答得有点碍口。

他看着她,突然叹了口长气,很难过地说:

"好抱歉,对于曾家的事,我常常心有余而力不足,奶奶不在乎我,所以,也不重视我的意见。那天,你和靖萱跪祠堂,我真是一点力气都使不出来。每当这种时候,我就充满了无力感。""怎么要对我说抱歉呢?"梦寒嘴里这样说,心里却感动极了,"我知道你已经尽力了。我想,在奶奶那么生气的情况下,谁说情都没有用,即使靖南真肯去向奶奶求情,也不见得有任何效果……反正,都过去了,我,没事。"

他深深地凝视着她。他的眼睛,像两口深不见底的深潭,好黑好沉,闪着幽幽的光。

"真的没事吗?"他问,"你知道,我是一个医生,如果你有什么不舒服,告诉我,我这儿有药……"他在她眼底读出了疑问,觉得需要解释清楚,"我真的是个医生,从小就接受医药的训练,我能处理伤口,治疗许多病痛,不过,我承认,我不一定能够治疗你的伤痛。"

梦寒听了他最后的一句话，心中就怦然一跳，感到无比的撼动。她抬眼飞快地看了他一眼，一时间，竟不知该如何回答。她这样的表情，使他蓦然醒觉，自己讲得太坦率了，太没经过思考，或者，她会认为这是一种冒犯吧！这样想着，他就有些局促起来。为了掩饰这份局促，他很快地接着说：

"靖萱告诉过你，有关我的事吗？"

"不，不多。"

他沉思了一下，就很坦率很从容地说了出来："我是在杭州的一个教堂里长大的，那家教堂名叫圣母堂，由一位英国神父主持。许许多多年来，圣母堂收容各种弃婴，等于是一个孤儿院。我就是在婴儿时期，被人弃置在圣母堂门口的。你看看这个！"他从自己的领口里，拉出了一块悬挂在衣服里面的金牌，让梦寒看，"当时，我身上就放了这样一块金牌，大约是遗弃我的父母，为我付出的生活费。这金牌上面刻着'雨杭'两个字，就是我的名字的由来。我的姓，是江神父给的，因为他的译名叫江森。你瞧，我就是这样一个来历不明的人，和曾家显赫的家世，是八竿子打不着的！"她非常震动地听着，十分惊愕和诧异，从来没想到是这样。她看看那金牌，发现"雨杭"两个字是用隶书写的，字迹娟秀而有力。显然是先写了字，再去打造金牌的，是个很精细的饰物。雨杭把金牌放回了衣领里面，继续说：

"我随身携带这块金牌，只因为它是唯一属于我的东西。这么多年来，我从不想去找寻我的亲生父母。有时，我会猜测自己的出身。但是，我无法原谅我的亲生父母，生而不育，实在是件很残忍的事！不管有什么苦衷，父母都没有权利遗弃自己的孩子！"她点了点头。他再说：

"江神父不只是个神父，还是个医生，我从小就跟着江神父学了医术。孤儿院请不起别的医生，孤儿们无论大病小病，发生意外，受了重伤，都是我和江神父来救。嗯……"他神往地看着回廊外的天空，不胜怀念地说，"说真的，那种日子虽然辛苦，却是我很快乐的时期！"

她听得出神了，深深地注视着他。

"我在十五岁那年，遇到了干爹，他正在杭州经商，大概想做点善事，到圣母堂来参观。在众多孤儿中看中了我，把我收为义子，又送我去北大学医，完成了学业，他真是我生命里的贵人！我十九岁那年，他第一次把我带回曾家，待我一如己子，又训练我经商，参与曾家的家族事业。我也不知道怎么和他那么投缘，大概这种'家'的感觉吸引了我，使我那种无根的空虚，有了一些儿安慰。我就经常住到这儿来了。大学毕业以后，干爹年纪渐长，对我也有了一些依赖感，把很多的事业都交给我管，这种知遇之恩，使我越陷越深。如今，恩情道义，已经把我层层包裹，使我无法挣脱。虽然，我也常常会因为这个家庭，跟我的思想做法相差太远，而有被窒息的感觉，却总是没办法把他们抛开。我在这个家庭里，是个很奇怪的人，非主非仆，不上不下，连我自己都无法对我自己下个定义。"他抬起眼睛，很认真地，很恳切地说，"和你谈这么多，不外乎要你了解，为什么当奶奶处罚你的时候，我没有立场，也没有力量帮你解围。现在，你大概有些明白了。"她注视着他，好久好久，竟无法把眼光从他的脸上移开。他说得那么坦白，丝毫都不隐藏自己出身的低微，却耿耿于怀于不曾为梦寒解围。他这种"耿耿于怀"使她的心充满了悸动。再加上他语气中的无奈，和他那凄凉的身世，都深深地撼动了她。尤其听到他说"非主非仆，不上不下"八个字的时候，她竟有"同是天涯沦落人，相逢何必曾相识"的感觉。他被恩情道义困在曾家，自己被婚姻锁在曾家，都有相似的悲哀！他见她默然不语，有一些惶惑。

"我说太多了！"他说，"耽误你的事了吧！"

"没有，没有，"她慌忙应着，生怕他就这样离去了，就突然冒了一句话出来，"你结婚了吗？""没，我没有结婚，"他说，"干爹一直为了这个问题和我吵，好多次帮我找物件，逼着我要我成亲，大约帮我娶了媳妇，他才会觉得对我尽到亲爹般的责任。可是，我不要结婚，我有婚姻恐惧症。""为什么呢？""我总觉得，我无论身在何方，都只是一个'过客'，没有办法安定下来。尽管现在人在曾家，随时也会飘然远去，我不想再为自己增加一层束缚。何况，我没信心，不相信自己能给任何女人带来幸福！"

"啊！你应该有信心的！"她忍不住轻喊了出来，"你这样细腻，这样仁慈，这样豁达，又这样真诚……你的深度，你的气质，你的修养，和你的书卷味……你会是任何一个女人梦寐以求的丈夫啊！"这些话一口气从她嘴中冲了出来，几乎完全没有经过思考。等她说完了，看到他的眼睛忽然闪出了炽烈的光芒，他的面孔忽然变得无比的生动，她才蓦然醒觉自己说得太直率了，就有些惊慌失措起来。

"你说得真好，"他紧紧地盯着她说，"是我一生听过的最美妙的话，会让我像一只牛一样，不断去反刍的！"他说着，忽然间，一个情不自禁，冲口而出，"如果你是未嫁之身，你也会这么说吗？"梦寒吓了一大跳，身子猛然往后一退，脸色发白了。

雨杭顿感失言，后悔得不得了，但，话已出口，再难追回，他的身子就也往后一退，两人间立刻空出好大的距离。他狼狈地，急促地说了一句："对不起，我……我不该这么问，对不起！"说完，他转过身子，仓促地逃走了。梦寒仍然站在那儿，望着曾家大院里的重重楼阁，陷入一种前所未有的震撼里。

这天晚上，雨杭在他的房中，吹着他的笛子。梦寒在她的房中，听着那笛声。靖南躺在床上，呼呼大睡。夜深了，笛声戛然而止。梦寒倾听了好一会儿，不闻笛声再起，她不禁幽幽一叹，若有所失。她凭窗而立，只见窗外的楼台亭阁，全在一片烟雾朦胧中。她脑中没来由地浮起了两句前人的词："念武陵人远，武陵人远？谁在武陵？"她根本"没个人堪忆"啊！她茫然了。思想是好奇怪的东西，常常把记忆中的一些字字句句，运输到你的面前来，不一定有什么意义。"念武陵人远，烟锁重楼！"没有意义。"唯有楼前流水，应念我，终日凝眸，凝眸处，从今又添，一段新愁！"当然是更没有意义了。

一星期以后，雨杭跟着那条泰丰号，到上海做生意去了。

靖萱说，雨杭就是这样跑来跑去的，有时，一去就是大半年。梦寒似乎松了口气，解除了精神上某种危机似的，另一方面，却不免感到惆怅起来。每次经过水榭，都会伫立半晌，默默地出着神。有时，那两句词又会没来由地往脑子里钻：

"念武陵人远，烟锁重楼！"

这时，这"武陵人远"似乎若有所指，只是自己不敢再往下去想。然后，那后面的句子也会浮出心田："唯有楼前流水，应念我，终日凝眸，凝眸处，从今又添，一段新愁！"

第五章

当雨杭再回到曾家来的时候,已经是第二年的春天了。梦寒已是大腹便便,肚子里怀着曾家的第四代。奶奶不再罚梦寒跪祠堂了,全家除了靖南以外,都是喜滋滋的。靖南反正对梦寒从头到尾就没感情,对即将来临的小生命也没什么感觉。可是,家里其他的人都很兴奋,在一片温馨祥和的气氛里,等待着这个小生命的诞生。

雨杭再见到梦寒,眼神依然深邃,眼光依然明亮,眼底依然盛满了情不自禁的关切。一句温柔的"你好吗?"竟使梦寒心生酸楚。但是,除此以外,他什么话都不再多说。以前那份虚无缥缈、若有若无的某种感情,在两人的刻意隐藏下,似乎已风去无痕了。只是,每当梦寒听到雨杭在吹笛子的时候,就会整个人都惊醒着,情不自禁地,全神贯注地去倾听那悠扬的笛声。吹的人"若有所诉",听的人"若有所悟"。在那重楼深院中,一切就是这样了。

这年的春天，靖南忙得很，几乎每天晚上都要出门。一到了吃过晚餐，他就坐立不安，找个理由，就溜出去了。然后，一定弄到深更半夜才回家。全家对他的行踪都心里有数，就瞒一个奶奶。随着梦寒的身躯日益沉重，他也就越来越明目张胆，常常夜不归营了。梦寒对他，早就寒透了心，已经完全放弃了。他不在家的日子她还好过一些，他在家的话，不是挑她这个不对，就是挑她那个不好，弄得她烦不胜烦。因而，她对他的行踪，干脆来个不闻不问。可是，靖萱却愤愤不平，因为，几乎全白沙镇都知道，曾家的少爷，迷上了"吉祥戏院"的一个花旦，名字叫"杨晓蝶"，两人已经打得火热。这些日子的靖萱也很忙，本来每星期去田老师那儿学一次画，由于老师盛赞靖萱的才华，靖萱也越学越有劲，就变成每星期去两次。不学画的日子，她也忙着练画，生活过得颇为充实。她看起来神采奕奕，越来越美丽了。梦寒和她非常亲近，见到她这样子绽放着光彩，就像一朵含苞待放的花，正在缓缓地舒展开它那娇嫩的花瓣，梦寒就会打心眼里喜欢起靖萱来。她不禁常想着，这样的女孩，不知将来要花落谁家？但愿老天垂怜，千万千万别配错了姻缘，像她和靖南这样，真是人生最大的悲剧！

转眼间，端午节过去了。天气骤然变热了。梦寒的预产期在六月中旬，五月间，身子已十分不便。曾家早就把奶妈和产婆都请在家里备用。奶奶整天拿着字典取名字，取了几十个名字，在那儿左挑右选。

这天，大概天气太热了，梦寒从早上起来就不大舒服。

雨杭看她脸色不好，忍不住叮嘱了一句：

"有什么不舒服，要说话啊，别忍着！现在不是你一个人的身子，是两个人呢！"梦寒轻飘飘地笑了笑，心里浮荡着悲哀。肚子里的骨肉带给她一种神奇的感觉，母性的爱，几乎从知道怀孕那一天就开始了。可是，她有时难免会难过起来，这个小生命，她并不是因为爱而产生的，她只是因为一个自私的男人，行使"夫权"而产生的。由此，她会常常陷入沉思，不知道中国的女性，在这种"乱点鸳鸯谱"的"媒妁婚姻"下，是不是都像她一样，沦为生儿育女的一部"机器"？

这晚，晚餐刚刚吃完，靖南又准备出门了，换上一件簇新的长衫，对着镜子，他不停地梳着他的头发，把头发梳得亮亮的。梦寒冷冷地看着他，连他回不回来睡觉都懒得问。靖南把自己拾掇好了，正要出门去，靖萱捧了一碗补药进门来，一见到靖南要出去，就本能地说了一句：

"你又要出去呀？""唔！"靖南哼了一声。

"那你什么时候回来？"靖萱又问，语气不太好，"怎么不在家里陪陪嫂嫂呢？她今天不大舒服呢！"

靖南见靖萱有阻止他出门的意思，就不耐烦起来。

"你管那么多！我今天有个重要的应酬，要和人谈谈生意！""哦！"靖萱把药碗往桌子上一放，大眼睛直直地瞪着靖南，"你去谈生意，太阳不是打西边出来了吗？找借口，你也该找一个有一点说服力的。正经点说，你就是去吉祥戏院抓蝴蝶去！""你说什么？你说什么？"靖南吼到她脸上去了，"我干什么去，轮得到你来说话吗？什么叫抓蝴蝶？你给我说清楚!"

"你不是赶着出门吗?那你就快走吧!"梦寒说,怕他和靖萱吵起来。"怪不得上次奶奶一直问东问西地盘问我,我看,就是你这个丫头在我背后嚼舌根!你怎么知道杨晓蝶的,你说!说啊!""你问我,问问你自己吧!"靖萱愤愤不平地说,"全家上上下下,除了一个奶奶不知道以外,谁都知道了!你每天到吉祥戏院去报到,你以为大昌、大盛是哑巴?你以为全白沙镇的人都是盲人吗?大家都在闲言闲语了,你还在这儿凶!你就会对我凶,就会对嫂嫂凶,你专拣软的欺负……你太没良心了!""你敢骂我?你这个死丫头,跟着梦寒学,学得也这样利嘴利舌!"靖南用力地一拍桌子,那碗刚熬好的药就在桌上跳了跳,药汁都泼洒了出来。靖萱慌忙扑过去端起那碗药,急喊着:"你看你,药都给你洒掉了!"

靖南索性一巴掌把碗打碎在地上。

"啊!"靖萱跺着脚大叫,"你莫名其妙!神经病!蛮不讲理……""你还说!你敢!"靖南举起手来,想给靖萱一耳光,幸好靖萱闪得快,没被他打到。靖南不服气,冲过去还要打,靖萱见他气势汹汹,有些害怕了,绕着桌子跑,靖南就绕着桌子追。"好了好了!"梦寒挺着大肚子,走过来想拦阻靖南,"你要干什么你就干什么去,别找靖萱的麻烦了!"

靖南追到了靖萱,气得不得了,提起脚来,对着靖萱的屁股一脚踹了过去。事有凑巧,梦寒刚好走过来拦阻,这一脚就不偏不倚地踹在梦寒的肚子上。梦寒这一痛,真是痛彻心扉,嘴里大叫了一声"哎哟",一个颠簸,又不巧踩到了地上的碎片，再度一滑，整个身子就扑跌在地。

"嫂嫂！嫂嫂！"靖萱吓得魂飞魄散，奔了过去，扑跪于地，急忙抱住梦寒的头，眼泪都快掉下来了，"嫂嫂！你怎样了？你跟我说话……你别吓我！你怎么样了……你说呀……"梦寒痛得脸色惨白，豆大的汗珠从额上滚落。她勉力忍着痛，还试图安慰靖萱："我……我……我没事……你你……你别慌……"

靖南也吓住了，低头看了一眼，见梦寒还能和靖萱对话，料想没有大碍。心里记挂着杨晓蝶，生怕被绊住就出不去了，身子就往门边退去。"家里不是有产婆吗？请她过来瞧瞧就是了！何况还有个名医江雨杭，什么疑难杂症都会治！"

他一面喊着，一面夺门而去。靖萱不敢相信地回头看，大喊着："你别跑呀！你好歹把她抱上床去呀！哥……"

靖南已跑得无影无踪了。靖萱想起身去追，又不放心梦寒，看到梦寒的脸色越来越白，心里怕得要命。眼泪开始滴滴答答地往下掉。"都是我害你的，我干吗要跟他吵？都是我的错，你……你……"梦寒伸出手来，推了推靖萱，挣扎着说："去……去叫人来帮忙……去叫慈妈……去叫产婆……去，快去……我不行了……我想，孩子，孩子……要生了……""要……要……要生了？"靖萱面无人色，"不是下个月才要生吗？""去……快去……"梦寒费力地喘着气，"我撑不住了……"她骤然爆发了一声痛苦的狂叫，"啊……"

靖萱没命地往外飞奔，嘴里尖声地大叫着：

"奶奶！娘！慈妈……快来呀……嫂嫂要生了！快来

呀……"对梦寒来说，那一夜好像永远永远都过不完。

时间好缓慢好缓慢地流过去。每一分，每一秒，都在凌迟着她，从来没有经历过这样的痛。痛楚已经弄不清是从什么地方开始，也不知道在什么地方才能终止，痛的感觉，把所有其他的感觉都淹没了。全身四肢百骸，几乎无处不痛，连头发指甲都在痛。她知道，一个有修养的产妇不能叫，她咬着牙，不叫，不叫……可是，汗与泪齐下，呼吸都几乎要停止了……她心里有个朦朦胧胧的意识，她要死了，她要死了……她也宁愿死去，立刻死去，以结束这种撕裂般的、无休无止的痛！眼前一直有很多张面孔在晃动，这些面孔，像是浸在水雾里，那么模模糊糊的，飘飘荡荡的，隐隐约约的。她依稀看到慈妈，看到奶奶，看到产婆，看到文秀，看到靖萱……还看到她早已死去的亲娘。这些人在她眼前，像走马灯似的不停地转，是浸在水里的走马灯……每一个转动里都带着涟漪，向周围扩散，扩散，扩散，扩散……她觉得，自己所有的意识，都快要扩散到无穷大，扩散到无穷远，扩散到无影无痕了。她已经痛得连思想都会痛了，她不知道怎样能够终止这种痛，只希望一切赶快结束，啊，她宁可死去！这样想着，她就晕厥了过去，所有的意识和思想都飘往了天空，她的身子似乎腾空而去，痛楚也跟着消失。"死亡的滋味真好！"她朦胧地想着，但是，蓦然间，那撕裂般的痛楚又翻天覆地般地袭来，她被这强烈的痛楚又拉回到这个世界，感到有人在喊她的名字，有人在用冷水泼她的脸，有人在掐她的人中，有人在她嘴里塞着人参片……而她肚子里的那条小生命,正挣扎着要来到这个世界,但,他来不了,他挣不出那孱弱的母体……可怜的孩子啊!她在痛楚中无声地呐喊着:你的娘对不起你,实在是无能为力了……我放弃了!放弃了!天啊!让我死去吧!让我立刻死去吧!

就在这样的呐喊占据了她全部意识的时候,她忽然感到有一双有力的手,托起了她的头,有一对深邃的眸子,直透视到她的灵魂深处,有一个熟悉的、强而有力的声音,在她耳边喊着:"梦寒!你醒过来!看着我!听到了吗?你,看着我!看着我!"这样强大的呼唤是不容抗拒的。她勉强地睁大眼睛,勉强地集中意识,于是,她惊愕地看到雨杭的脸孔和雨杭的眼睛!这是不可能的,她模糊地想着,雨杭是不能进产房的!曾家的规矩里,绝不允许男人进产房的!如果真的是雨杭,那么,她的生命,一定已经到了最后关头。

梦寒那模糊的思想确实没有错。

当雨杭进产房之前,产房里的一大堆女人,已经全部失去了主张。梦寒晕过去又醒过来,折腾了无数次,一次比一次衰弱,孩子始终是头上脚下,转不过来。雨杭不能进产房,一直在门外指导产婆接生,急得冷汗涔涔。梦寒不敢叫,只是闷着声音呻吟,每一下呻吟都撕碎了他的心。最后,产婆投降了,对奶奶一跪,慌乱无比地说:

"老夫人!我没有办法了!只怕大人小孩,都保不住了!你们赶快另请大夫吧!我什么办法都没有了……"

雨杭忍无可忍,在门外大喊:

"奶奶!此时此刻,你们还要避讳吗?让我进来帮助她!

我好歹是个医生呀！产婆不可以走，得留在这儿帮我……你们再延误下去，真要让他们母子都送命吗？"

如此危急，奶奶才让雨杭进了产房。

雨杭进来的时候，梦寒已经奄奄一息了。她的脸色，比床上的被单还要白，汗水已湿透了头发和枕头，嘴唇全被牙齿咬破了，整个人已失去了意识，气若游丝。雨杭一看到她这个样子，心里就颤抖痉挛了起来。他不能让她死！他不能让她死！他不能让她死……他疯狂般地想着。看到她生命垂危，他所有积压的感情，全像火山爆发般在心中迸裂。什么顾忌都顾不得了。"听着！梦寒，"他喊着，"你不可以晕过去，不可以睡着，不可以放弃，你听到了吗？我来帮你了，信任我，我要保住你，也要保住你的孩子，可是，你也要使出你所有的力气，来帮助我！你听到没有？听到没有？"他拍着她的面颊，用全力对她吼着，"我不允许你放弃，你听到没有？听到没有？回答我！"他命令着。"听……听……听到了……"她的声音，细如游丝，但是，确实是她自己的声音。她睁开眼睛，努力地看着他，她不要让他失望，全世界，只有这样一个人，她不能让他失望……于是，她开始用力，又用力……

"对了！再一次！再一次！"雨杭喊着，觉得自己比她还痛，"你尽管叫出来，不要忍痛，你叫吧！叫出来吧！"

她叫了，但是，声音是沙哑的，无声的，喉中又干又涩。她又快晕倒了。"不许晕过去！"他喊着，在她嘴中又塞进一片人参，"你必须清醒着才能用力！梦寒，好梦寒……支持下去！用力！孩子的头已经快要转过来了！不许闭眼睛，不许晕过去！"

这样强而有力的命令是不能违背的。她努力大睁着眼睛，不让自己失去意识。努力按照他的吩咐，一遍又一遍地去做。

整整一夜，痛楚周而复始，翻江倒海般地涌上来，但是，那强而有力的声音，始终在她耳边响着。一声声地鼓励，一句句地命令："不可以放弃，不可以睡着，不可以晕倒，不可以松懈……听到了吗？你的生命不是你一个人的，你没有权利放弃，懂吗？听到了吗？听到了吗？……"

不敢不回答这样有力的声音，不敢不顺从这样有力的命令，她听到自己一直在说：

"听到了，听到了……听到了……听到了……"

这样拖到天快亮的时候，一声儿啼终于划破了穹苍，梦寒那未足月的女儿书晴，终于终于出生了。这孩子差一点夺去了梦寒的性命，带来的却是崭新的喜悦。梦寒含泪地看了一眼书晴，再含泪地看了一眼雨杭，就失去了所有的力量，虚脱得晕死过去了。"怎么办？怎么办？"慈妈惊慌地对雨杭喊，"她又昏厥过去了！"雨杭扑到床边来，翻开她的眼皮，察看她的瞳仁，再急切地拿出听筒，听她心脏的跳动声。当他听到那颗饱受摧残的心脏，发出沉稳的、规律的跃动声时，他的眼中竟在一刹那间被泪水所充斥了。抬起头来，他对着慈妈微笑起来。

"她会好的！"他轻声地说，鼻子有些塞塞的，"我们差一点失去了她！但是，她总算熬过去了！她会好的，她是我见过的人里，最勇敢最坚强的一个，这样的女子，苍天会眷顾她的！"是吗？苍天真的会眷顾梦寒吗？

当梦寒在生死边缘上挣扎的时候，靖南正在杨晓蝶的香闺里胡天胡地。戏散场的时候已经是午夜了，他当然不肯就这样回家，带着大昌、大盛，他就到了晓蝶的家里。叫人去买了酒菜，他就和晓蝶腻在一块儿，喝酒取乐。对于梦寒，他压根儿就没有放在心上，不过是摔了一跤，怎么可能有事呢？他放心得很，不放心的，是晓蝶那颗飘浮的心。

就喜欢晓蝶的轻狂，就喜欢晓蝶的放浪，就喜欢她那几分邪气，和她那特殊的妩媚。靖南在晓蝶那儿喝得醉醺醺，乐不思蜀。真不知道，世间有如此美妙的女子，怎么家里就有本领给找来一个木头美人？

这晚是注定有事的。原来，这杨晓蝶是属于一个戏班子，到处巡回着表演，最近才在白沙镇落脚。本来也只预备停留个一两个月，不料在白沙镇却大受欢迎，就和吉祥戏院签了个长约，在这儿"驻演"起来了。等到靖南迷恋上晓蝶以后，吉祥戏院的生意更好了，靖南是大把大把的钞票往这儿送。把那个潘老板乐得嘴都合不拢。可是，那杨晓蝶岂是等闲人物，在江湖上混了这么多年，早已见多识广。对靖南这样的公子哥儿，更是了若指掌。她明知这是一条大鱼，却钓得有些碍手碍脚。原来，晓蝶自幼和班子里的一个武小生，名叫方晓东的，青梅竹马，早就郎有情妹有意，暗地里是一对小夫妻了。这方晓东对晓蝶，是非常认真的，看见靖南天天来报到，他不禁妒火中烧，和晓蝶也吵过闹过，奈何晓蝶见靖南腰里多金，出手阔气，人又长得白白净净，一表人才，竟有些假戏真做起来。这，使得那个方晓东更加怒不可遏了。

　　这晚，方晓东决定不让自己袖手旁观了。当靖南正在和那晓蝶卿卿我我的时候，方晓东带着几个兄弟，杀进门来了。靖南已经喝得半醉，见晓东气势汹汹地冲进来，心中有气，大骂着说："什么东西？没看到你大爷正在喝酒吗？撞进来找打是不是？"方晓东不理他，径自对晓蝶说：

　　"你告诉这个呆子，你是我什么人？把这场莫名其妙的戏，给我结束掉！"他回头对靖南说，"戏唱完了，散场了，你也可以走了！""混蛋！"靖南破口大骂，"吉祥戏院上上下下，谁不知道晓蝶是我的人？你这样搅我的局，是不是活得不耐烦了？大昌、大盛，给我打！"大昌、大盛奉命而上，但，晓东早就有备而来，几个兄弟一拥而上，双方立刻就大打出手。这一交手，靖南就吃了大亏，那方晓东是个武小生，自幼练武，早就练成一身好功夫。抓着靖南，他毫不留情地拳打脚踢，把靖南打得遍体鳞伤。如果靖南识时务，知道见风转舵，或者还不会那么惨。偏偏靖南是个不肯吃亏的人，平常在家里是个王，哪里肯受这样的气？嘴里就大呼小叫地喊个没停：

　　"你这个王八蛋！我马上让潘老板炒你的鱿鱼！你给我滚蛋！以后你没得混了……晓蝶早就是我的人了，你少在那儿自作多情，晓蝶哪一只眼睛看得上你这个没出息的东西……她每一分、每一寸都是我曾靖南的了……"

　　方晓东气极了，随手拿起一个大花瓶，对着靖南的脑袋，重重地敲了下去。当书晴刚刚出世,梦寒好不容易度过了危险,终于沉沉睡去的时候,靖南却被人抬回来了。

别提曾家有多么混乱了。一屋子的人,全挤在大厅里,围着靖南,哭的哭,叫的叫。雨杭这天是注定不能休息的,从产房里出来,还来不及洗一把脸,就又拎着他的医药箱,扑奔大厅。看到一身是血的靖南,不禁吓了一跳。慌忙扑过去检查,靖南已经人事不知,额上一个碗大的伤口,血流如注。雨杭先看瞳孔,再数脉搏,他赶紧安慰着众人:

"别慌!别慌!他失血很多,但还不至于有生命危险……我们先把他抬到床上去躺着,大家赶快去准备热水毛巾纱布绷带!"奶奶勉强维持着镇定,重重地吸了口气,严肃地说:

"曾家的子孙,有上天庇佑,他会逢凶化吉的!把他抬到我房里去,雨杭!我信任你的医术,梦寒难产,你都有办法救过来,这点儿外伤,应该难不了你!我把他交给你了!"

"我尽力!奶奶!"雨杭说。

整个早上,大家围绕着靖南。雨杭缝合了他的伤口,打了消炎针,止住了血,也包扎好了伤口。该做的都做了。靖南一直昏昏沉沉的,偶然会呻吟两声。等到伤口完全处理好了,雨杭累得已快昏倒,靖南却安安静静地睡着了。

当靖南清醒过来的时候,是那天的下午了。全家没有一个人去休息,依然围绕在他床前,他醒来睁眼一看,那么多人围着他,那么多双眼睛瞪着他,他一时弄不清楚状况,就错愕地说了一句:"你们大家在看什么西洋镜?"

"你被人打破了头,你还不知道吗?"文秀一听他能开口说话,眼泪就掉下来了,"快把全家人的魂都吓得没有了,你还在说些怪话!""被人打破了头……"靖南眼珠转了转,忽然想起来了,身子猛地往上一抬,嘴里紧张地大喊着,"晓蝶!晓蝶在哪儿?快给我把晓蝶找来,免得被那个方晓东给霸占了……"这样一抬身子,才发现自己头痛欲裂,不禁又大叫一声"哎哟",就跌回床上去。"别动别动呀……"一屋子的人都喊着,"你头上有伤口啊!"只有奶奶没有叫,她深深地看着靖南。眼底涌现的,不再是怜惜,而是忍耐。她嗓音低沉地,有力地说:

"你没有晓蝶,你只有梦寒!现在,你已经做爹了!梦寒为了你,九死一生,差一点送了命!以后,全家会看着你,你把你那颗放荡的心收回来吧!我不许你再胡闹了!"

靖南的头往后一仰,眼睛一闭,怄气地说了句:

"死掉算了!"雨杭心中一沉,再也看不下去,掉头就走到屋外去了。

第六章

一个月过去了。靖南的伤已经完全好了,但是,他的情绪却非常低落。

这天,他对着镜子,研究着自己额上的疤痕。那疤痕颜色又深,形状又不规则,像一条蜈蚣似的躺在他的额头上,说有多难看,就有多难看。他用梳子,把头发梳下来,遮来遮去,也遮不住那个疤痕。他又找来一顶呢帽,戴来戴去,觉得十分不习惯。他越看越气,越弄越烦。偏偏梦寒、慈妈,加上一个奶妈全在对付小书晴。那个瘦瘦小小、软软绵绵的小东西真是威力惊人,在那儿"咕哇,咕哇"地哭个不停。三个女人围着她团团转,一会儿这个抱,一会儿那个抱……满屋子就是婴儿的啼哭声,和三个女人哄孩子的声音。靖南一阵心烦意躁,奔上前去,一把拉住梦寒说:

"好了好了,你别一双眼睛尽盯着孩子看,你也过来看看我,关心关心我行不行?"他指着额上的疤,"你看看这个疤,要怎么办嘛?"梦寒对那个疤痕看了一眼,整颗心都悬挂在小书晴的身上,匆匆地说:"疤就是疤,谁都没办法的,时间久了,自然会消淡一些的,不要那么在乎它就好了!你让我去看看孩子吧……她今天一直哭,不知道哪儿不舒服,她这么小,又不会说话,真急死人!"说着,她就要往孩子那儿走去。

"孩子孩子!"靖南忽然发起脾气来,攥住梦寒,不让她走开,大声嚷,"你看你对我一点儿耐心都没有,从前你眼里就没有我,现在有了孩子,我看你更是连我的死活都不顾了!"

梦寒又急又气又惊讶,自从他受伤回来,因为她也在坐月子,没有精神去跟他怄气,关于他在外面的风流账,她就不闻不问。但是,她总觉得,他好歹应该有一点歉意。就算没有,对新出世的婴儿,也总应该有一点关怀和爱意,如果这些都没有,他到底是怎样一个人呢?她抬眼看了看他,心里实在有气,就用力推开了他,说:

"你想找人吵架是不是?对不起,我没工夫陪你!"

"我非要你陪不可!"靖南居然耍起赖来,"要不然我娶老婆干什么?这一个月,都快把我憋死了,被奶奶看得牢牢的,哪儿都不能去!一定是你和靖萱在奶奶面前说了我什么,才害得我出不了门!""你少无聊了!"梦寒压抑着心中的怒气,"谁有耐心去奶奶那儿告状,你自己惊天动地地打了架回家,你以为还瞒得住奶奶吗?你现在不要因为见不到想见的人,就在这儿找我的麻烦!你明知道全家没有一个人会在乎你额上那个疤长得什么样子,你那样耿耿于怀,只是怕某人会嫌你丑了……""某人!什么某人,你说清楚!"靖南大叫了起来。

"全家都知道的那个人,杨晓蝶!""哈!"靖南怪叫,"原来你也会吃醋啊,打从秋桐牌位进祠堂开始,我就觉得你奇奇怪怪,还以为你是女圣人呢!原来,死人你容得下,活人你就容不下了!"

梦寒吸了口气,勉强平静了一下,冷冷地说:

"你想出去,你就出去吧!我不会拦你,也不会去告诉奶奶,你爱干什么干什么,只要别妨碍我照顾女儿就行了,你请便吧!""好好好!"他对着奶妈和慈妈说,"你们都听见了,是她赶我出去的!奶奶问起来,你们别出卖我!否则,我把你们两个统统解雇!"说完,他就转过身子,拂袖而去。走到门口,又折回来,把梳妆台上的那顶帽子拿了出去。

梦寒这才能过去看书晴,此时,书晴已停止了啼哭,用一对乌黑的眼睛,瞅着梦寒,梦寒把她紧紧地拥在胸前,心底涌起了无尽的悲哀。这天的靖南,成功地溜出了曾家大院。他受了一次教训,学了一次乖,也知道要保护自己,他带了阿威、阿亮等四个最会打架的家丁一起出去。他们逗留到深夜才回来。靖南这些日子,因为梦寒坐月子,他又在养伤,就搬到了书房里睡。他半夜回来,没有再去打扰梦寒,摸黑回到自己的书房,悄悄地睡下,也没有惊动家里任何一个人。幸好奶奶这天有点感冒,提早上了床,不曾问起靖南。因而,家中除了那几个家丁以外,谁都不知道靖南在这天闯下了大祸。直到一星期后,雨杭才得到消息,气急败坏地来找靖南。

把靖南推进了他的书房,他劈头就问:

"你几天前在吉祥戏院,砸了人家的戏院是不是?"

"这……"靖南做出一股无辜相,"我不是给了他们钱吗?砸坏的东西我都赔了,那个潘老板还有什么好抱怨的?"

"有什么好抱怨的?"雨杭生气地大吼,"你还做了什么事?你自己说说!你把那个方晓东怎样了?"

"别嚷!别嚷!"靖南小声说,"给奶奶知道又要禁我的足了!方晓东啊……谁叫他闯到我手上来呢?上次他打了我,你也不帮我报仇,一天到晚要我息事宁人,害我破了相!我不过是把他欠我的讨回来而已!怎么?只许人家打我,就不许我打回去吗?""人家只是打破了你的头,可你把人家怎样了?"雨杭大声问。"怎样怎样?"靖南的声音也大了起来,"他破了我的相,我也破了他的相!如此而已!一报还一报嘛!"

"你……"雨杭气得发抖,"你岂止破了人家的相?你根本毁了人家的容!这还不说,你还打瞎人家一只眼睛!"他揪住他胸前的衣服,"你怎么这么狠心呢?人家是唱戏的,靠脸皮吃饭啊……你毁了人家的脸,又打瞎人家的眼睛,就等于要了他的命啊!"靖南呆了呆,怔住了,半晌,才睁大眼睛说:

"没那么严重吧?你不要危言耸听!这是不可能的!"

"什么不可能,我已经去过吉祥戏院了,每一个人都说,就是你让阿威、阿亮死命往人家脸上踹,这才打得那么严重！干爹已经问过阿威他们，大家都承认了！你还想赖！"
"你告诉了爹？"靖南生气地嚷，"你不帮我遮掩，还去告诉爹，一会儿又要闹到全家都知道了！惨了惨了！奶奶准会把我关起来，我惨了！"靖南话刚说完，牧白的声音已经接了口，他大步地走进来，脸色铁青："不是他告诉我的，是石厅长告诉我的！这事已经惊动了员警亭，你搞不好就有牢狱之灾了！此时此刻，你不关心把人家伤得怎样，只关心你自己还能不能出去风流！我们曾家，是忠义传家啊！怎么会出了你这样一个儿子？我连死后，都无法去见曾家的祖宗！""惊动了员警亭？"这句话靖南可听进去了，"怎么？"他瞪大眼问，"那个方晓东居然告到员警亭去了？"

"人家可没有告，如果告了，我们还可以公事公办！现在没告才可怕！"雨杭说，"员警亭会知道，是因为知道的人太多了，那吉祥戏院又不是为你一个人开的，现在门也关了，生意也不能做了，戏也无法唱了……你以为整个戏班子的人能袖手旁观吗？方晓东的哥儿们能咽下这口气吗？"

"那……"靖南觉得事态有些严重了，用手抓了抓头说，"那要怎么办呢？"他看着雨杭，"你快去想办法，让那个潘老板赶快开门做生意，武小生多的是，再找一个来不就成了？要不然唱唱文戏也可以呀，干吗弄得戏院关门呢？这样吧……"他转身就往门外走，"我自己跟他说去！"

"你不许出去！"牧白把房门一关，对靖南疾言厉色地说，"你就不怕别人再找你报仇吗？你要了人家一只眼睛，人家可以要你一双眼睛！"

靖南激灵灵地打了个冷战，猛地咽了口气。

"那……"他的声音真的软了，"爹，你要想法子救我呀！你们两个肯定有法子的……对了，对了，用钱吧！给那方晓东一笔医药费，把这件事给摆平吧！我不会那么倒霉，再碰到一个不要钱的！"牧白听了这话，真是又气又恨又无奈。他看了一眼雨杭，眼里带着询问之意。雨杭狠狠地瞪了靖南一眼，说：

"我已经去打听过了，据方晓东的哥儿们说，方晓东知道自己的眼睛失明以后，就不言不语，不吃不喝，然后，就离开医院走了，目前人已经失踪了！谁都不知道他的下落！"

靖南怔了半天，然后跌坐在椅子上，吐出一口气来说：

"唉！你也厚道一点嘛！这个结果早说嘛，白白吓出我一头冷汗！""你这个冷汗没白出，他人不见了，你才应该担心呢！"雨杭说。"担……什么心？"靖南面容僵了僵，"他不见啦，失踪啦……八成也是畏罪逃跑了，我想这样吧，咱们先去告他一状，总之，是他先打破我的头呀！这叫先下手为强，怎么样？"

"停止吧！"牧白悲痛地看着靖南，"停止这种仗势欺人的行径吧！为你刚出世的孩子积一点德吧！你夺人之妻，又废了人家的眼睛，你还要告人家……你于心何忍？"

"什么夺人之妻？"靖南的脸涨红了，"那杨晓蝶是我的人，和我是海誓山盟的，爹，你得帮我把她弄进门来……"

话还没有说完，雨杭一怒，放开了靖南，转身就走，嘴里说："干爹，你家的事我真的不管了，我无能为力！我上船去,还是去帮你做生意比管你的家务事要好些!"

牧白伸手,一把抓住了雨杭,几乎是哀恳地说:

"你别走,你别走!你说说看,要怎么办?"他转头怒视靖南,声音转为严厉,"你能不能安静两分钟,听听雨杭的!"

靖南不大服气地嘟着嘴,不说话了。

雨杭无奈地转了回来,定定地看了靖南好一会儿,叹口气说:"现在,最要紧的事,就是要和那个杨晓蝶彻底断掉!绝对不能再去了!吉祥戏院那儿,我们只有花钱了事,戏班子里的人,我会一个个去摆平,让他们先开张营业。然后,放出各种风声,说我们要和方晓东和解,假如有了回音,能够找到方晓东,咱们马上下帖子,邀请镇上梨园中人,甚至由曾氏族长出面斡旋,摆酒道歉。并且提供一个好的工作机会给方晓东,让他的后半生不至于走投无路,这样,或许可以化解这场纷争。怎样?要不要照办呢?"

"有这么严重吗?"靖南怀疑地问。

"有这么严重!"牧白说,"从今天起,你给我安安静静在家里待上一阵子,等这件事解决了,你才许出门!"

"还有一句话,"雨杭盯着靖南,"家有贤妻,你不要人在福中不知福!把外面的花花草草,就此一刀砍了吧!"

靖南一肚子的不服气,但是,看到牧白和雨杭都是满脸的沉重,心里嘀咕着,嘴里却不敢再说什么了。

靖南在家里果然安静了好一段日子。

他搬回到梦寒房里睡,每天哼哼唧唧,猫不是狗不是,什么都看不对眼。梦寒已经学会一套自保的办法,和他来个相应不理，只求耳根清净。她把绝大部分的时间都放在书晴身上，这使靖南更加不满，说梦寒是个"浑身没有一点女人味"的"木头人"，然后就唉声叹气，怪天怪地怪命运，怪爹怪娘怪奶奶，给他娶了这样一房"不解风情"的媳妇！怪完了，他就用手枕着脑袋，看着窗外的天空出神，想念着他那个"风情万种"的蝴蝶儿。

两个月过去了，一切都风平浪静。吉祥戏院在雨杭的安抚和资助下，又大张旗鼓地营业了，生意照样兴隆。杨晓蝶依旧是吉祥戏院的台柱，艳名四播，场场爆满。那方晓东一直没有踪影，大家似乎也把他遗忘了。靖南虽然没有出门，对吉祥戏院的种种，自然有亲信来报告，所以，也了解得很。听说那杨晓蝶又有好几个王孙公子在"捧场"，他就着急得不得了，恨不得插翅飞到吉祥戏院去。

这样苦苦熬了两个月，他终于熬不住了，串通了阿威、阿亮，偷溜出去了两次，都是戏一散场就回家，不敢在外面多事逗留。那杨晓蝶见了他，就对他发嗲撒娇，百般不依的，说他没良心，把她给忘了，弄得他心痒难耐。但是，他心里还是有些害怕，不敢去晓蝶的香闺，早早地回来了，居然也没有碰到任何事情。平平安安地出门，平平安安地回家。因而，他对雨杭的警告，大大地怀疑起来。本来就不喜欢雨杭，现在，对雨杭更是不满了。他对梦寒说：

"雨杭这个人有问题，表面上是帮我，我看，他根本是和爹串通好了，把我给困在家里……"他的眼睛瞪圆了，突然想了起来，"搞不好你也有份，怪不得雨杭说什么'家有贤妻'的话……对了对了，就是这样，我中了你们的诡计了！那个方晓东被我这样一顿打，哪里还敢再出现，早就吓破了胆，找个地方躲起来了，永远都不会出现了！"

听了他这样的话，梦寒实在没有办法装出笑脸来搭理他。转过身子，她就去奶妈那儿找书晴了。靖南看着她的背影，气得牙痒痒的："神气个什么劲儿？不过是念过几本书嘛！这女子无才便是德，实在是至理名言！"

这晚，他喝了酒，喝得醉醺醺的，所有的顾忌和害怕都忘了，一心只想去找他的杨晓蝶。半夜三更，他偷偷地从后门溜了出去，身边居然一个人都没有带。提着一盏灯笼，他一边摇摇晃晃地走着，一边唱着二黄平板：

"在头上除下来沿毡帽，身上露出衮龙袍，叫一声大姐来观宝，你看我头上也是龙，身上也是龙，前面也是龙，后面也是龙，浑身上下是九条龙啊！五爪的金龙！"

他那句"五爪的金龙"才唱完，眼前有个黑影子一晃，他怔了怔，站住了，回过头去，四下里张望着，嘴里咕哝着说：

"什么人在这儿妨碍你大爷的兴致……"

"方晓东！"一个声音冷冷地回答，接着，就是一把利刃，直刺进靖南的胸口，他张口想喊，第二刀又刺进了他的喉咙。他倒了下去。当第三刀、第四刀、第五刀……刀刀往他身体里刺去时，他早就咽了气。他一共被刺了十七刀。那方晓东刺杀了他之后，并没有逃走，他带着刀，去员警亭投了案，把刺杀经过，招认得清清楚楚。他在曾家门外，已经足足埋伏了两个半月。那年十月初三，秋风乍起，天空中，飘着蒙蒙细雨。曾家在这一天，葬了靖南。根据曾家的规矩，红事白事，都要从那七道牌坊下面经过，所以，盛大的丧葬队伍，举着白幡白旗，撒着纸钱，扶着灵柩，吹奏着哀苦的音乐……一直穿过牌坊，走往曾家的祖坟。白沙镇的人，又赶来看热闹。

梦寒一身缟素，怀抱着才五个月大的书晴，往前一步一步地迈着步子，每一步都像有几千几万斤重。她凄苦地走着，茫然地走着，犹记得上次通过这牌坊时的种种种种。她嫁到曾家来，短短的一年多时间，前面有"秋桐事件"，后面有"晓蝶事件"，婚姻中，几乎不曾有过欢乐和甜蜜，如今，靖南竟这样走了，连以后的远景都没有了。她的眼光，直直地看着前面，七道牌坊巍然耸立，像是七重厚重的石门，又像是七重厚重的诅咒，正紧紧地压迫在她的身上和心上。

群众议论纷纷。小小声地谈论着今日的寡妇，就是去年的新娘。大家对于红白相冲的事，记忆犹新。这种诅咒，居然应验，大家就不能不对老天爷肃然起敬。个个都表情凝重，面带畏惧地看着曾家的人，送走他们仅有的一脉香烟。从此，曾家就没有男丁了。卓家的人，也在送葬的队伍中，怀着无限的悲哀和忏悔，跟在队伍后面哀哀哭泣。他们不是为靖南哭，他们为梦寒哭。在他们那简单的思想里，深深以为，都是当日的烧花轿，才造成今日的悲剧，认为那方晓东不是凶手，他们才是凶手。对于当日的一语成谶，他们简直不知道要怎样悔罪才好。

雨杭也在队伍里，他悲痛而机械地走着，眼光不由自主地看着走在前面披麻戴孝的梦寒,他依稀看到一身红衣的梦寒。那天,有一阵奇怪的风,吹走了梦寒的喜帕……那天,发生了许许多多的事,那天以后,也发生了许许多多的事,而现在,仅仅一年零三个月,梦寒,从曾家的新娘,变成了曾家的寡妇。世间,怎有如此苦命的女子?

奶奶,被牧白和文秀搀扶着,一步一个颠簸,一步一个踉跄,泪,糊满了她那满是皱纹的脸。牧白和文秀更是泪不可止,白发人送黑发人,情何以堪?三个老人,步履蹒跚,彼此扶持,随着那白幡白旗,走在那萧飒的秋风秋雨之中,真是一幅人间最悲惨的图画。

白沙镇的人,都忘不掉曾家的婚礼。白沙镇的人,更忘不掉曾家的丧礼。

第七章

时间,很缓慢很缓慢地流逝。对曾家每一个人来说,都有一段漫长的"养伤"的日子,在这段日子里,大家和欢笑几乎都是绝缘的。只有童稚的书晴,常把天真无邪的笑声抖搂在沉寂的曾家大院里。这笑声偶尔会惊动了蛰伏着的人们,引起一些涟漪。但,哀痛是那么巨大,又迅速地压了过来,把那短暂的笑声就给淹没了。这样,春去秋来,日月迁逝,三年的时间,就在日升日落中过去了。

最先从悲痛中醒觉过来的人是靖萱,她正值青春年少,随着时间的消逝,她越来越美丽,像一朵盛放的花,每一个花瓣都绽放着芬芳。她逐渐淡忘了靖南的悲剧,常常不自觉地流露出某种梦似的微笑。这微笑惊动了梦寒,不禁暗自猜疑,难道靖萱有什么秘密的喜悦?或者,是有什么人,牵动了她的心?似乎只有爱情的力量,才能让她的眼神中,充满了这样甜蜜的温柔。但是,靖萱养在深闺,根本没有机会和外界接触,唯一的一个人,是雨杭!

这个想法,使梦寒悚然而惊,真的吗?再想靖萱,对雨杭一直是千依百顺,崇拜备至。就算雨杭比靖萱大了十几岁,似乎也构不成爱情的阻力。这样想着,她的心就隐隐作痛起来。雨杭,三年来,他生活在曾家的屋檐下,总是郁郁寡欢,似乎一直在努力压抑着自己,每次见到梦寒,他的眼中流露的光彩,常常让她耳热心跳。可是,两人除了眼神的交汇以外,都很小心地,很刻意地回避着一些东西。梦寒在七道牌坊的禁锢下,是什么都不敢想的。雨杭在恩情道义的包袱下,又能想什么?图什么呢?但是,尽管她和雨杭间,什么都"不能有",却有一种什么都"似乎有"的感觉,温暖着她那颗伤痛而寂寞的心。现在,一想到这"似乎有",很可能是自己的误会,她就满心痛楚。接着,她又为自己这种"痛楚"而生起气来。多么可耻的思想呀!她怎会有这样一个不贞的灵魂呢?于是,她拼命把雨杭的名字,逐出自己的脑海。但,那名字就像空气一样,无所不在。她竟然逃也逃不掉,避也避不开。这种生活,是一种煎熬,她就在这种煎熬中,苦苦地挨着每一天。靖萱的苏醒和美丽,并不是只有梦寒发觉了,其他的人也都发觉了。然后,有一天,奶奶突然从靖南的悲剧中把自己解放出来了。她振作了起来,走出了哀悼的阴影,再度挺直了她的背脊。她把文秀找到房间里,婆媳两个,关着门做了一番密谈。于是,这天晚上,当大家围着餐桌吃晚餐时,她就在餐桌上,兴冲冲地做了一个重大的宣布:

"雨杭!靖萱!你们两个听我说,我有个天大的消息要公布，相信你们也会很高兴的……我决定，让你们两个成亲！"

"哐当"一声，牧白手中的饭碗，落在地上打碎了。奶奶瞪了他一眼，很温和地说：

"你也真沉不住气，连个饭碗都端不牢！没有先和你商量，是想给大家一个惊喜！雨杭这些年来，在我们家，功劳也有，苦劳也有，我一直想让他名正言顺地成为曾家人！自从靖南死去，我太伤心了，家里的事都不曾好好地想过，今天忽然有如大梦初醒，他们两个，男未婚，女未嫁，郎才女貌，有如天造地设……幸好这些年不曾将靖萱许配人家，想来也是天意如此！"她把眼光转到雨杭脸上，更加柔和地说，"不过，我有个小小的要求，我们招你入赘，你要改姓曾！反正，你那个江，也不是你的本姓，这点儿要求，你就依了奶奶吧！"

奶奶这番话，使餐桌上的人，人人变色。只有文秀，是事先知情的，所以，笑吟吟地看着大家。见雨杭脸色苍白，神情惊讶，她有些儿困惑，就笑着对雨杭说：

"你别排斥招赘这回事！这些年来，你在咱们家，还不是和自家人一样！你想想，还有更好的安排吗？咱们不必把靖萱嫁出去，又不必给她找个陌生人来，你呢？本来就是牧白的接班人，现在，更是咱们的继承人了！"

靖萱的脸色显得非常苍白，睁大了眼睛，不知所措。

梦寒飞快地看了雨杭一眼，就不由自主地转开了头。心里像是突然卷过了一阵大浪，翻搅得五脏六腑都离开了原位。是啊，奶奶真是绝顶聪明，才想得出这样的安排，实在是合情合理。想必靖萱会喜出望外，雨杭呢？雨杭也不可能有异议吧？"你怎么说呢？"奶奶追问着雨杭，"只要你点一下头，咱们就立刻安排喜事！你……说话呀！"

雨杭这才逼出一句话来：

"不！我不能……我不能答应这件事！"

此话一出，牧白似乎松了一口大气。奶奶却神色一僵：

"什么意思？为什么你不能答应？难道我们靖萱还配不上你吗？""不是这样……"雨杭慌乱了起来，苦恼而急促地说，"是我配不上靖萱，我比她大了十几岁，我来曾家的时候，她还是个五六岁的孩子，我是看着她长大的，在我内心，她就是我的一个小妹妹……我无法改变这种先入为主的观念……对不起，请你们不要做这样的安排，这太荒唐了！"

"什么话？"奶奶深受伤害地说道，"我这样兴冲冲地，预备张开双臂来迎接你成为真正的曾家人，把我们家最宝贝的女儿许配给你，你却回答我，这太荒唐了！"

"娘！"牧白忍不住开了口，"这种事不能勉强，请你们尊重雨杭的意思吧！他把靖萱当妹妹看，也是一种很珍贵的感情，我们尊重这份感情吧！"

"胡说！"奶奶那颗热腾腾的心，突然被泼了冷水，真是气不打一处来，见牧白也不支持自己，就有些发怒了，"这种八竿子打不着的兄妹关系，咱们就不要提了！靖萱今年都十九了，哪里还是个小妹妹呢？十九岁的女孩子都够格做娘了！雨杭，你有没有好好地看一看靖萱……"

靖萱听到这儿，是再也听不下去了。她"呼啦"一声，从椅子里站了起来，涨红了眼圈，含着满眼眶的泪水，颤抖着嚷："奶奶！你们把我当成什么了？拿我这样品头论足，你们就不顾我的脸、我的自尊吗？人家雨杭已经说了，他不答应，他不接受，他根本不要我嘛……你们还在那儿左一句，右一句……你们让我太……无地自容了！"说完，她一转身，就用手蒙着嘴，哭着跑走了。

"唉唉！"雨杭跌脚大叹，沮丧到了极点，"你瞧，你瞧，你们把我逼的……我这下伤到她了！糟糕透了！"

"你伤到她了！"奶奶锐利地盯着他，"你会心痛吗？你会着急吗？""我……"雨杭这一下，也变了脸，重重地拉开了椅子，他站起来，急促而坚决地说，"让我明白地告诉你们，我不会娶靖萱的！我也不会改变我自己的姓氏！我不管江神父是不是外国人，这个姓有没有道理，它对我的意义就是非常重大！江神父收养了我，等于是我的再生父母，我以他的姓氏为荣！请你们不要再提招赘这回事，我拒绝！我完完全全地拒绝！"说完，他也转过身子，夺门而去了。

文秀泄气地大大一叹。

"怎么会这样排斥呢？"她困惑地问，"靖萱又不是丑八怪，长得应该算是漂亮的吧！又正是花样年华，人有人才，家有家财，他有哪一点不满意呢？"

"这事才没有这么简单就算完！"奶奶的头一昂，倔强而坚定地说，"咱们曾家于他有恩，知恩就该图报！这是他欠了咱们家的！"牧白看着奶奶那坚定的脸，怔住了。

这天晚上，梦寒来到了雨杭的房里。

雨杭一看到是梦寒来了，就全身一震。他情不自禁地，深深地吸了口气，把房门关上以后，他就像一张贴纸似的，用背贴着门。他双眸灼灼地紧盯着梦寒，哑声地问：

"你来做什么？""我……"她嗫嚅地说，"我奉奶奶之命，来和你谈谈靖萱的事！"他不说话，眼光死死地缠在她的脸上。有两簇火焰，在他的眸子里燃烧，使他那对深邃漆黑的眼睛，带着烧灼般的热力，一直洞穿了她的身子，洞穿了她的思想，洞穿了她的心，也洞穿了她的灵魂……这两簇火焰，如此这般地洞穿了她，在她身体里任意地穿梭，把她整个人都燃烧起来了。她不能移动，也不能转开视线，只能被动地站着，一任他的眼光，将她烧成灰烬。他们就这样对视着，好久好久。

"你知道吗？"他终于开了口，声音沙哑而低沉，"我和你认识五年了。五年来，这是你第一次走进我的房间。这漫长的五年里，我常常在想，不知道何年何月，何日何时，你会走进我的房间来，让我们能静静相对，一分钟，或两分钟都可以。我相信，那一刹那，会是永恒。结果，你终于来了。是'奉命'来和我谈靖萱的事！"

泪水迅速地往她眼眶里冲去，冲得那么快，使她连抬手擦拭都来不及，泪珠已经滚落在衣襟上面了。

他震动地看着她。不是水能灭火吗？但是，她的"泪水"却使他眼中的"火焰"更加炽烈了。

"你既然是来和我谈靖萱的，"他说，"你就谈吧！要我娶靖萱吗？你也要我娶靖萱吗？只要你说得出口，只要你亲口

77

对我说，我听你的！"

她张口结舌，一个字都说不出来。

他往前迈了一大步，她立刻往后退了一大步。

他继续紧紧地盯着她：

"我以为，这个世界上，就算所有的人都不了解我，最起码，有一个人是了解的！这些年来，多少次我想离开曾家，多少次我想远走高飞，可是，为了你的一个眼神，或者是一声叹息，我就什么抵抗的能力都没有了！每次远行在外，总有一个强烈的呼唤声，把我唤了回来，难道，是我听错了？难道，你心底从没有发出过任何呼唤，只是我意乱情迷……"

她不能再听下去了，再往后退了一步，挣扎着说：

"你怎么可以……对我说这些话？怎么可以……"

"对！"他的语气激烈了起来，"我承认是不应该，不可以，所以这么多年来，我从来不说，只能放在心里面自我煎熬，我活该要忍受这种煎熬，并不冀望你来同情！但是，你怎么可以'奉命'来说服我？这个家里头，谁来说这话我都忍了，如果是你来说，你就等于是拿了把刀子来砍我！你怎么忍心呢？你看不到我的痛苦，也感觉不到我的煎熬吗？"

她被击倒了。神志昏乱，心中绞痛，眼里心里，全是雨杭。雨杭的眼睛，雨杭的声音，充斥在她整个整个的世界里。她太害怕了，太恐惧了，转过身子，她冲向了房门。他飞快地拦过来，伸手抓住了她。她奋力地挣扎，颤抖地低喊着：

"在我们一起毁灭以前，让我出去吧！你默默地守护了我那么久，不会忍心让我崩溃！是不是？是不是？"

他立刻放开了她，退后了一步。她的眼泪扑簌簌滚落，伸手拉开了门，再回头，用那泪雾迷蒙的眸子，深深地看了他一眼，就匆匆地逃走了。这带泪的眸子，和这深深的一眼，使他就这样陷入万劫不复，死也不悔里去了。梦寒狼狈地逃回到自己的房里。

把房门"砰"的一声关上，她心慌意乱地扑伏在门边，掏出小手绢拭着泪痕，一面深呼吸，试图稳定自己的情绪。一口气还没缓过来，竟有个人影突然扑向了她，一把抓住了她的手腕，喊着说："嫂嫂！你救我！救救我呀！"

她大吃一惊，定睛看去，靖萱的泪眼和她的泪眼就接了个正着。顿时间，她像是被捉到的现行犯，觉得自己完全无法遁形了。惊慌失措之余，还有一股强大的犯罪感。她张口结舌，吞吞吐吐地说："怎么……怎么是你？你……你……"

靖萱"扑通"一声，就对她跪下了。

"嫂嫂，全世界只有你能救我，你一定要救我！"靖萱的双手，攀住了梦寒的胳臂，不断地摇着她，似乎根本没注意到梦寒的不对劲。"你……你……你起来，起来慢慢说！"梦寒扶住了她，把她从地上拉起来，做贼心虚地问，"我……我去雨杭那儿，你……你看到了？""我知道奶奶要你去说服雨杭，大家都知道雨杭对你最服气，你说的话，他一定听……所以所以，你一定要跟雨杭说……说……"她碍口地说不下去。"我知道了！"梦寒苦涩地说，"你要我去告诉他，你……喜欢他？你希望他不要再反对了？"

靖萱的眼睛睁得好大好大，然后，竟"哇"地哭出声来。

"怎么了？怎么了？"梦寒心慌意乱地安慰着，"你别哭呀！雨杭他……雨杭他并不是有意要伤你的心……是奶奶提得太突然了，他还没有心理准备……你不要难过，等过一两天，他会想明白的……"她说得理不直，气也不壮。

靖萱哭得更厉害了，哭得梦寒的心整个都揪起来了。把靖萱拉到床边，让她坐了下来，梦寒急促地说：

"到底是怎么回事，你不说，我也弄不清楚，你说呀！"

靖萱这才哭哭啼啼地说了：

"我不能嫁给雨杭，我无论如何不能嫁给雨杭，你去帮我告诉他，不管奶奶和爹娘怎么逼我，我都不能接受！"

梦寒大惊，反手一把抓住靖萱，激动得不得了。

"你是说，你不要这个婚事？你不愿意和雨杭成亲？"

"我没办法，我也不是要伤害雨杭的自尊，实在是……是……我心里已经有了一个人了！"靖萱终于低喊了出来，也激动得不得了。"你心里有一个人？"梦寒讷讷地问，"这个人不就是雨杭吗？""怎么会是雨杭呢？"靖萱急了，"雨杭一直像我亲哥哥一样，我怎么可能和他有男女之情呢？是……是……"她急迫地抓紧了梦寒的手，终于把心中这最大最深的秘密给抖出来了，"是秋阳呀！"梦寒的身子惊得一跳。内心深处，有种解脱的狂喜，有个呐喊般的声音说，还好，她爱的人不是雨杭！但是，立刻，这狂喜就被恐惧和震惊掩盖了，有个战栗的声音在说：不好！怎么会去爱上秋阳？

"靖萱！"她着急地叫，"你在说什么？不可能！你怎会和秋阳……你别吓我，这到底是怎么回事呀！"

"我跟你招了,我把什么都告诉你!"靖萱一口气说了出来,"我爱秋阳,秋阳也爱我,我们从很久很久以前,就开始相爱了。我都不记得自己是什么时候开始爱他的,或者,是你还没进我家以前就开始了。那时,秋桐常常带我去卓家,我和秋阳就有说有笑的。后来,我们两家发生了好多事,这些事把我们两个更加紧紧地系在一起。我每星期去学画,他都会在老师家门口等我,我们就这样偷偷地见面,已经好多好多年了!"梦寒瞪大了眼睛,不相信地注视着靖萱。

"可是,你每次去学画,都有绿珠丫头陪着你呀!"

"我放绿珠的假,我一进画室,绿珠就回她爹娘家去了。到了时间,咱们才在牌坊下面会合,一起回家,所以,绿珠也好高兴陪我去学画,这么多年,都神不知鬼不觉的……总之,就是道高一尺,魔高一丈嘛!"

"你还敢说什么道高一尺,魔高一丈!"梦寒方寸大乱,站起身来,绕着房间走来走去,"你明知道这是'魔',你就让自己陷下去!"话一出口,就蓦然想起自己和雨杭,不也是如此吗?这样一想,心里就更是纷纷乱乱,不知所措了。

"我没办法,"靖萱一副视死如归的样子,"我和他已经一往情深,义无反顾了!今生今世,除了他,我不嫁任何人!"

"可是,"梦寒忽然想起来,"他不是去北京念大学了吗?"

"是!已经大三了,但是,每个寒暑假,他都会回来,我们也一直在通信……你不信,我把他写给我的信拿给你看!"

"信寄到哪里去的呢?"

"我在邮局开了个信箱,每次学画的时候就绕过去拿……

总之……""道高一尺，魔高一丈。"梦寒说。

"反正就是这样了！"靖萱急切地说，"你要不要救我嘛？现在，离放暑假还有两个多月，秋阳又不在，我连个商量的人都没有，你如果不帮我想办法，我就完蛋了！"

"听我说！"梦寒站住了，抓住靖萱的胳臂用力一摇，"不要傻，不要糊涂了！你们这样的爱，是根本没有未来的！你不是没看见，奶奶是怎样看待卓家人啊！当初，为了秋桐的牌位进祠堂，都闹得天翻地覆，那还不是活生生的人，只是个木头牌子呀！名义上也仅仅是个小星，奶奶还要争成那个样子，你现在想想，你跟秋阳，会有什么希望呢？这些年来，在雨杭的努力下，卓老爹好不容易才在咱们家的漆树园里，当了个工头，如果奶奶知道了你和秋阳的事，那不知道会发生怎样的惨剧！我告诉你，你会害死卓家一家人的！"

靖萱的脸色变得惨白惨白了。

"那……那……我要怎么办呢？"

"我……我也不知道要怎么办。我只知道，这件事就是你知我知，你再也不能告诉任何人，不论奶奶怎么逼你，你都不能泄露一个字！否则会天下大乱的！你听我，你一定要听我！然后，你试着去……慢慢地和秋阳断了吧！"

靖萱猛地一抬头："我可以不爱自己的生命，可是我不能不爱秋阳！"

梦寒猛地吸了口大气，心乱如麻。

"你要不要救我嘛？"靖萱问，"目前最大的难题就是雨杭这一关了！我知道奶奶一旦决定了的事，就是九牛拉不转的！所以，不管你用什么方法，你一定要说服雨杭，别被奶奶说动才好！""我……哦！我现在被你搅得心烦意乱，不过我可以告诉你，雨杭不是问题，问题还在奶奶！你让我好好地想一想，只要你答应我沉住气，千万千万不要泄露这个秘密，我也答应你，我会尽我的全力来阻止这件事！"

靖萱含泪地点点头，用充满感激的眼光，信任地看着梦寒。梦寒接触到这样的眼光，心里却更乱了。到底自己能有多大的力量，来阻止这个家庭里的重重悲剧呢？

她掉头看着窗外，但见树影憧憧，楼影憧憧，全在一片朦朦胧胧的夜雾里。透过夜雾，雨杭的笛声正掩掩抑抑、悠悠扬扬地传了过来。如怨如慕，如歌如诉。这笛声使她的情绪更加零乱了。

第八章

　　这个晚上发生的事,对梦寒来说,是太沉重,太意外,也太震撼了。她简直没有办法思想。雨杭一整夜都在断断续续地吹他那支笛子,似乎在告诉所有曾家的人,他有个无眠的夜。这笛声搅乱了梦寒的情绪,也吹痛了她的心。雨杭的表白,靖萱的爱,这两件事在她心中此起彼落地翻腾着。她一直知道,雨杭在爱着她,却不知道爱得如此强烈。她也从不曾分析过自己对雨杭的爱,到底有多少,到底有多深?只因为,仅仅是"分析",也是一种罪恶呀!她怎么可以有那种妄想呢?但是,雨杭的一番话,把所有的道德观念一起打乱,她感到自己内心深处,压抑不住的热情正在疯狂般地萌动着。眼底心底,全被雨杭涨满了。雨杭的眼睛,雨杭的声音。她逃不开他了,她忘不掉他了,怎么办呢?她不知道。她好像掉进了一个漩涡里,在那流水中不停地转,不停地转,不知道要转向何方,停在何处。

奶奶这夜也无法成眠，她也听到了雨杭的笛声，她把它当作一种无言的抗议。越听越生气，越听越恼怒。怎有这样不识抬举的人呢？不只是不识抬举，而且是忘恩负义！如果不是失去了靖南，她也不会去勉强雨杭。如今曾家已经后继无人，才会悲哀到去求雨杭入赘，雨杭怎么不能体会这层悲哀？就算不喜欢靖萱，也该为了曾家的恩情，而勉为其难呀！曾家没有嫌他的出身贫贱，他还这样推三阻四！到底是什么原因呢？为什么一个贫无立锥之地的人，还有这样莫名其妙的骄傲，她不明白，完全想不通。

第二天，全家的气氛都很低沉。雨杭一早就避了出去，靖萱整天不肯出房门，文秀唉声叹气，牧白心事重重。梦寒被奶奶叫到屋里，盘问说服的结果，听到说服失败，气得怒骂了一句："平常伶牙俐齿，好像很会说话的样子，真派你做点事，就这么没有用！你到底有没有晓以大义？"

"该说的我都说了，就是说不过他，"梦寒怯怯地说，"不过，问题也不只他一个人，好像靖萱也不太愿意……"

"靖萱一个女孩子家，父母要她嫁谁就嫁谁，她有什么资格不愿意？"奶奶更气了，"对从小看着她长大的雨杭不满意，难道她宁愿去嫁一个全然不认识的人吗？"

"大概就因为是从小看着她长大的，她才觉得别扭吧！"梦寒竭力委婉地说，"这件事恐怕不能太勉强，毕竟是两个人的终身大事，万一勉强地撮合了，以后……再不和的话，也是挺麻烦的……""哼！"奶奶打鼻子里重重地哼了一声，"大家走着瞧吧！看谁会输给谁！我不信这事就办不成！"

梦寒低着头，不好再说什么。奶奶也不要听她的了，气呼呼地叫她回房去。她如获大赦，匆匆忙忙地就告退回房了。

这天夜里，靖萱刚刚睡着不久，忽然在睡梦中，被人连棉被一起给抱了起来。她大惊而醒，发现自己正被高大的张嫂扛在肩上，俞妈、朱妈等人随后，簇拥着她往雨杭房飞奔而去。她奋力挣扎，脱口惊呼：

"你们要干什么？快放下我来……救命啊……救命啊……"

"小姐，你别叫，"张嫂喘吁吁地说，"咱们奉奶奶的命令，送你去和雨杭少爷成亲……"

"天啊！天啊！"靖萱大喊，"谁来救救我呀……"

喊声未完，她已经被抱到雨杭房门口，张嫂等人飞快地冲开了房门，就把靖萱往雨杭床上一丢，靖萱跌在雨杭身上，两人都大叫了一声。张嫂等人已退出门去，房门砰然阖上，接着就是锁门的声音。

雨杭因为昨夜一夜没睡，今晚实在太累了，所以睡得很沉。被这样一闹，仓促醒来，还没弄清楚是怎么个状况，就听到奶奶的声音，在门外说：

"我已经翻过历书了，今晚是吉日良辰，何况俗语说，拣日不如撞日，所以，我就给你们定了今晚成亲！你们两个，都是奶奶的心肝，千万别辜负了老奶奶的一片美意！改天，咱们再给你们摆酒宴客！"接着，一片乒乒乓乓的声音，居然有人在钉窗子。雨杭大惊失色，急忙从床上翻身下床，找到了桌上的火柴，把灯点亮了。灯一亮，他就一眼看到，衣衫不整的靖萱，正坐在自己的床上哭泣。这一下，他真是气急败坏，急忙大叫：

"奶奶！不可以这样子！你们这样太过分了，这是干什么？这是什么意思嘛？不行不行……奶奶！快开门呀！事关靖萱名节，不能这样做呀……"他扑到门边，用力地打着门，推着门，"开门！赶快开门！"

"我已经决定的事，就不能更改！"奶奶高声说，"不用叫了，叫也没有用。你们珍惜这良辰美景吧！若干年以后，你们会感谢老奶奶这番苦心的！不用若干年，说不定几天以后，你们的感觉就不一样了！"

"奶奶！奶奶！"靖萱也跳下了床，奔到窗前去摇着窗子，"奶奶，我求求你……不要这样对我呀！你真的让我无地自容啊……""有什么无地自容的？"奶奶在窗外说，"你又不是和人暗度陈仓，又不是和人私订终身，你是奉奶奶之命成亲，是名正言顺，非常光彩的喜事！不要再害臊了，咱们走！"

"不要不要不要！"靖萱疯狂般地叫了起来，用身子去撞窗子，撞得窗子砰砰砰地响，"奶奶，你放我出去，让我维持一点儿尊严吧！奶奶，你不开门你一定会后悔……"她发现叫奶奶没用，开始放声大喊，"爹！娘！嫂嫂……你们都来呀！为什么要这样对我啊……"

同时，雨杭也在对门外没命般地大喊：

"你把我们当成禽兽吗？你完全不顾我们的羞耻，也不顾我们的感情吗？这是什么世界？这是怎样疯狂的家庭，再不放我们出来，我就要撞门了……"话未说完，他抓起了一张椅子，狠狠地丢在门上，发出好一阵惊人的巨响。

这样一阵大闹，把梦寒、牧白、慈妈等人都给惊动了，丫头、老妈子，都从各个角落纷纷奔来。牧白一看到这种情况，就快要昏过去了。他抓住奶奶的手，激动得语无伦次：

"娘！快放他们出来！不要铸成大错……这样违反伦常……会遭世人唾骂嘲笑，我们生生世世都会堕入地狱，永世都不得超生……快给我钥匙，给我！给我……"说着，他就往奶奶身上去找钥匙。"你疯了吗？"奶奶怒喊，"我成全一对小儿女的婚姻，有什么不对？要你这样胡说八道地来诅咒我？你反了？你简直是逆伦犯上！""干爹！"雨杭在门内喊，"你亲口答应过我，决不勉强我这件事……你快放我出去！"说着，仍然不断地拿家具撞门。

"奶奶！奶奶！"梦寒见事态紧急，也顾不得自己说话有没有分量，有没有立场了，"你听他们两个都这样不愿意，再闹下去，怕会出事，请您不要操之过急吧！让他们出来吧……靖萱以后，还要做人呀！"

就在这一片喧闹声中，"豁啦"一声，那两扇木门，实在禁不起雨杭的大力冲撞，被撞得倒了下去。靖萱一看门开了，用手握着衣襟，从门内没命地冲了出来。梦寒急忙迎上去，脱下自己的外套，披上了她的肩，拥抱着她，陪着她一起匆匆地跑开了。奶奶见好事不成，气得不得了，跺着脚说：

"你们这些不孝的儿孙，没有一个能体谅我的心，成全我的希望吗？"雨杭找出一件长衫，一面穿着衣服，一面往门外就走。牧白急急地拦住，紧张地问：

"半夜三更了，你要到哪里去？"

"只要能离开这个可怕的地方,到哪儿都好!""你有没有良心?"奶奶问到他脸上去,"我是爱护你,欣赏你,把我的孙女儿送到你怀里来,难道靖萱是毒蛇猛兽吗?是见不得人的吗?会带给你侮辱吗?你这样子毫不留情地把她推出门去,你就不怕她受不了?"

"让她受不了的不是我!"雨杭对着奶奶大吼起来,"是三更半夜被人活逮了,给扔到一个男人的床上去!她生在一个专出贞节牌坊的地方,长在一个拥有七道牌坊的家族中,你们从小灌输她的又是什么样的教育?为了一个石头建筑物,一个女人要不就苦苦地守,要不就惨惨地死,你们不是一直这样教育她的吗?现在你们竟想利用她的身体,来换一个流着曾家血液的后代,你们就不怕她会用自己的生命,再替你们曾家添一道牌坊!"说完,他大步地往门外走去。牧白兀自惶惶不安地追在后面问:"你去哪里?你要去哪里?"

"我住到船上去,我要想清楚,我和你们曾家的这段渊源,是不是该彻底地断了!"说着,就头也不回地走了。

"断就断!"奶奶气坏了,颤巍巍地喊着,"你神气些什么?你以为我们曾家就少不了你,离不开你吗?"

牧白看着雨杭负气而去,急急地回转身子,对奶奶说:"娘!我有话要对您说!"

"折腾了大半夜,什么事都没办成,气死我了!"奶奶对围观的众人大声说,"还看什么看?都睡觉去!文秀,你快去看看靖萱丫头,别真的想不开,我给雨杭说得心里犯嘀咕!"

"是!"文秀急忙去了。仆人们也都散去了。奶奶这才看着牧白："有什么话，明天再说吧！"

"不成！"牧白一脸的惶急，"我怕到了那时候，我这股勇气和决心，又荡然无存了。"

奶奶皱着眉头，奇怪地看了看牧白，就转身回房，牧白紧跟于后。奶奶的房门刚刚关上，牧白就一步上前，激动万分地说：

"娘！我不能不告诉你了！免得铸成大错！雨杭，他……他……不是我的干儿子，他是我的亲儿子！"

奶奶背脊一挺，脸色大变，紧紧地盯着牧白，有两秒钟简直不能呼吸。"你说什么？"她不敢相信地问。

"娘！如果我现在对你说的话，有一个字虚假，我就会被天打雷劈！"牧白沉痛而紧张地说，"雨杭是我当年在杭州经商时，和一个女子生下的儿子，那个女人的名字叫吟翠！三十二年来，我苦守着这个秘密，都快被这个秘密逼疯了！"

奶奶目瞪口呆，半晌不能言语。终于，她直勾勾地瞪着牧白，说："你为了让他免于入赘，竟编出这样的谎言来吗？如果他是你的儿子，为什么到他十五岁，你才认他为干儿子，到他十九岁，你才第一次带他回家？如果你带回来的是个襁褓中的婴儿，或是一个五六岁大的孩子，这事还有几分可信……""你一定要相信我呀！"牧白激动得不得了，"这孩子因为我的错，已经度过了许多孤苦的岁月，这件事说来话长呀！当年我在杭州做生意，认识吟翠，因为吟翠是个欢场女子，我是怎样也没有勇气把她带回家来，也不敢把自己的风流韵事，让爹娘知道，因为咱们家的规矩实在太多了。那年四月初三,吟翠生了雨杭,名字都来不及取,吟翠就和我大吵了一架,因为她想和我成亲,让孩子名正言顺,我却没有办法娶她。结果,她一怒之下,抱着孩子,在一个大风雨的晚上,跑出去就失踪了。我带着人到处找,到处找,找了五天五夜,终于找到了吟翠的尸体,而孩子,却遍寻不获。"牧白眼中充泪了。奶奶也听得出神了。"这整个的故事,就像秋桐和靖南的,不同的,是吟翠生了一个儿子!天在惩罚我,让这样的历史在曾家一直重演!"

"但是,你说,孩子已经失踪了!"

"是的,孩子失踪了,我也快发疯了,我不相信吟翠可以狠心到带着孩子一起去死。我跑遍了整个杭州市,找这个孩子,找来找去都找不着。后来,我就回家和文秀成了亲,这件事更是不能提了。接下来的许许多多年,我每年去杭州,就每年在找这孩子。直到十五年后,我听说在圣母院有个孤儿,年纪轻轻就能行医,名叫雨杭,我真是吓了一跳,立刻赶到圣母院,找到了江神父,才知道那个大风雨的晚上,吟翠把孩子放在圣母院的门口,人就不见了。在孩子的身上,留下了一块金牌,这金牌是我送给吟翠的定情物,上面是用吟翠的手迹刻下的两个字:雨杭!"

奶奶睁大眼睛,一眨也不眨地紧盯着牧白,越来越相信这个故事了。"娘!你不知道我那时有多么激动,本要和雨杭立刻相认,但是江神父阻止了我,说这孩子冰雪聪明,却感情脆弱,非常敏感,容易受伤……对于自己是个弃儿的事实,早已成为他心中最大的隐痛,他恨透了遗弃他的生身父母,江神父希望我永远不要认他，免得对他造成更大的伤害……我答应了江神父，这才见到雨杭……"牧白的声音哽咽，泪，不禁夺眶而出了，"我一看到他，就知道他是我的儿子了。娘，难道这么多年，您都不曾怀疑过……您不曾在他身上，找到我年轻时的影子吗？"奶奶听得痴了，傻了。此时才有种醍醐灌顶的感觉，许多以前不了解的事，现在都恍然了。怪不得牧白对这个干儿子，简直比亲儿子还疼爱。怪不得有的时候，他对雨杭几乎是低声下气的，怪不得他看雨杭的眼神，总是带着歉意，怪不得他永远有一颗包容的心，去面对雨杭的骄傲和别扭，怪不得他会把整个曾家的事业，毫无保留地交给他……怪不得，怪不得，怪不得……怪不得有那么多的怪不得！奶奶心里虽然已有八成的相信，但是，毕竟事出突然，一切都太意外了，她一时之间，无法接受。想了半天，才压抑着心里突然萌生的一种兴奋，问："你会不会太一厢情愿了？你怎能凭一块金牌，断定这是你的儿子？""那块金牌是绝无仅有的呀！当然，还不止金牌，他襁褓时的衣服，包着他的小包被，还有那个盛着孩子的篮子，都是我和吟翠一起去置办的呀！而且，在孩子身上，还留下了一张纸笺……"牧白急急地从腰间翻出一个小荷包，"我收着，我仔仔细细地贴身收着，我拿给您看，上面是吟翠的手迹啊！"他从荷包里取出一张颜色泛黄的、折叠方整的纸笺来，双手颤抖地递给了奶奶。奶奶立刻打开了纸笺，只见上面，有娟秀的字迹，写着两行字：

烟锁重楼,恨也重重,怨也重重!
不如归去,山也重重,水也重重!

奶奶深深地抽了口气,到了此时,竟有些承受不住,不知道是喜是悲?是真是假?该怀疑?该相信?是痛苦?是狂欢?各种复杂的情绪,排山倒海般地冲击着她,使她双腿发软,整个人都摇摇欲坠,她不禁跌坐在椅子里,用手扶着头,呻吟似的说:"雨杭是曾家的骨肉?他是我们家硕果仅存的一条根?真的吗?真的吗?你不是编故事骗我吗?哦!老天爷!我该相信还是不该相信呢?""娘!"牧白悲切地喊着,"我怎么可能在瞬息之间,编出这样完整的故事来骗你呀!还有吟翠的纸笺,我怎么可能连道具都准备好了来骗你呀!"

奶奶越来越相信了,忽然间,心里竟然恐惧起来。

"你瞧……今儿个这样一闹,会不会把他气跑了?雨杭……这孩子,脾气一向就别扭……你还是快去船上,把他先给我追回来再说!你去告诉他,招赘这事,我就绝口不提了!叫他快点回来,那条船上,现在又没吃的,又没喝的,怎么能住人呢?""是!"牧白用衣袖匆匆地擦了擦眼睛,往门外就走,走到门口,想起什么,又折回到奶奶面前,取回那张纸笺,再珍贵地收回到荷包里。抬眼看了看奶奶,他小心翼翼地又说:"他回来了,您可别跟他提这回事,这些年来,我试探过他多少次了,他确实无法原谅他的父母,所以,我不要失去他,我不要吓走了他!相认不相认对我来说,已经不重要,重要的是,他在我身边,就是我精神上最大的安慰了！"

奶奶点了点头："在没有更多的证据以前，我也不敢认他呢！"她说着，却又情不自禁地追了一句，"一定要把他叫回来！快去！"

"是！"牧白急急地去了。

奶奶看着牧白的背影消失，像个泄气的皮球似的，瘫痪了。倒在椅子里，她无比震动地，喃喃地低语着：

"老天啊！咱们曾家没有绝后，是吗？是吗？雨杭那孩子……天啊！我差一点把他们亲兄妹给送作堆了！怎会有这种事呢？"她看着窗外，天已经蒙蒙亮了。晨雾正弥漫在整个花园中，楼台亭阁，全在一片苍茫里。她想起吟翠的纸笺：

烟锁重楼，恨也重重，怨也重重！
不如归去，山也重重，水也重重！

她注视着窗外的轻烟轻雾，忽然间，心里就涌上了一阵莫名的苍凉。对那身世如谜的雨杭，竟生出一种难言的感情来。牧白追到码头上的时候，天已经大亮了。

雨杭正坐在码头边的一棵大树下，望着面前的江水发呆。心里千头万绪，烦恼重重。真想就此一走了之，永不归来。但是，怎么抛得下那孤独的梦寒？尤其，在他已经和梦寒做了那番表白以后？梦寒的泪，梦寒的愁，梦寒的欲语还休……都牵引着他，不能走，不能走，他走了，她要怎么办？不走，自己又要怎么办？正在思潮澎湃、举棋不定的时刻,牧白赶来了。"雨杭!雨杭!"牧白喘吁吁的,跑得上气不接下气,看到雨杭并没有"消失",就暗暗地松了口气,"我跟你说,奶奶不会再要你入赘了,这件事过去了,你快跟我回家吧!"

雨杭站起身来,眉头皱得紧紧的,身子往后一退。

"我不相信!你把我叫了回去,奶奶又会想出办法来整我的,我现在不要回去,我要好好地想个清楚!"

"不会了!真的不会了!"牧白急急地说,"奶奶已经亲口跟我说,招赘这回事,她绝口不提了!你就把它忘了吧!回去吧!""干爹!"雨杭痛苦地看着牧白那张憔悴的脸,"我告诉你,我总有一天会被你们曾家的人弄疯掉!有的人拼命把我往外推,有的人又死命把我拉回去,这两股力量,永远像拔河一样,在我心里拉着扯着,我已经心力交瘁,觉得快要被这两股力量给撕成两半了!"他烦恼地用手揉了揉额头,"我怕了奶奶了,我服了奶奶了,她说什么绝口不提的话,我根本无法相信,这只是一个缓兵之计,等我回去了,她又会想出新的花招来的!说不定会给我下药!"

"没有的事,绝没有人会给你下药,你相信我呀!"

"我相信你也没有用,你拿奶奶也无可奈何!""我保证她不会再为难你,真的真的,因为……因为……"他看着雨杭,突然,有一股热血往脑袋里冲去,在一个激动之下,他脱口而出地说,"因为我告诉她,你是我的儿子,不是干儿子,是亲儿子!是我三十二年以前,在杭州和一个女子所生的孩子!"雨杭猛地一怔,迅速地抬头,目瞪口呆地看着牧白。

牧白也被自己这几句话给吓住了，胆战心惊地迎视着雨杭。雨杭愣了几秒钟，接着，就啼笑皆非地大笑起来。

"哈哈！我真不敢相信，你居然会编出这样的故事来骗奶奶！怎么？难道奶奶竟然上当了？"

牧白脸上的期待，顿时变成了失望。

"可是，你这个故事根本说不通呀！我是你在杭州生的儿子，怎么会住到圣母堂去了呢？怎么会变成孤儿的呢？"

"就是弄丢了嘛！或者，"牧白神色一正，"你也试着来听听这个故事，说不定你也会觉得这故事有几分可信……"

雨杭脸色一变，眼神中立刻充满了戒备，收起了玩笑的态度，他严肃地说："你可以骗奶奶，但是，绝不要来对我说故事，我不喜欢拿我的身世来做文章！昨天晚上的事，已经证明奶奶失去了理智，在这种情况下，她会被你骗了，我也毫不惊讶，反正她想一个继承人快想疯了。可我没有疯，你别试图用同一个故事来说服我，我闻到诱饵的味道，说穿了，就是招赘不成，干脆叫我入宗，对吧？你们这是换汤不换药，至于我，还是一个'不'字，请你打消各种让我改姓的办法吧！""其实，你不知道你的父亲是谁……"牧白勉强地说，"而我们却这样有缘，你就不能假定我是你的亲爹吗？"

"这种事怎能假定？"雨杭有些生气了，"我是被父母遗弃的啊，不管我的父母有什么苦衷，养不起或是无法养，我都没办法原谅他们！如果你是我的亲爹，你这十几年为我付出的一切，会因为前面那十五年的孤儿岁月，而一笔勾销的！"

牧白的胸口，像是被什么重物狠狠地撞击了，他困难地叹口气，额上竟冒出了豆大的汗珠。雨杭看了他一眼，忽然把声音放柔和了："干爹，你回去睡觉吧！这两天，被奶奶折腾得人仰马翻，我看，你也不曾休息，你去休息吧，别管我了！"

"我怎能不管你呢？"牧白急了，"我已经跟你说了，什么危机都没有了，你为什么还不肯回家呢？你到底要怎样呢？"

"我……我想回圣母院去！"

"什么意思？"牧白惶恐地问。

"我真的想回圣母院去，"雨杭的语气，几乎是痛苦的，"我好思念以前在圣母院的时光，那时的我，虽然穷困，却活得比现在快乐。我帮着江神父照料那些孤儿，感觉上，比帮你料理事业，似乎更有意义和成就感！我在曾家，其实是很拘束又很孤独的。我真的好渴望自由，想过一些海阔天空的日子，我不要……被曾家这古老的房子、古老的教条、古老的牌坊、古老的观念……给重重包围，我真的真的不能呼吸，不能生存了！""不不不！"牧白紧张了起来，"我不放你走！江神父有好多好多的孤儿，我现在只有你一个！你说我自私也好，你说我是失去了靖南而移情也好，我反正就是离不开你！在我内心深处，你就是我的亲儿子！我已经失去了太多，我不能再失去一个儿子！""我离开曾家，你也不会失去我啊！你要做的，只是赶快找一个人来接替我的工作……"

"怎么越说越严重了呢？"牧白悲哀地说，"难道这个家里，就没有丝毫的地方，值得你留恋了？"

"这……"雨杭才说出一个字,就忽然咽住了话,眼光直直地看着前方,怔怔地呆住了。牧白跟着他的视线看过去,惊讶地看到,梦寒牵着小书晴,正向这儿走过来。

"梦寒,"牧白急切地问,"你怎么来了?家里又出什么状况了吗?""没有没有!"梦寒急忙说,"我带书晴出来走走,顺便看看你们谈得怎样。"她的眼光直射向雨杭,眼里盛满了掩饰不住的哀恳,"家里已经风平浪静了,奶奶刚刚到了靖萱的房里,特地来告诉靖萱,招赘的事再也不提了,所以,靖萱好高兴,你不要担心回去以后,见到靖萱会别扭,不会的!靖萱一直把你当大哥!你还是她的大哥!奶奶看样子蛮后悔做了这件事,要我过来看看你们,怎么还不回家?"

"哦!"雨杭轻声地说,"原来,你又是'奉奶奶之命',前来说服我的!"雨杭这几句话,如同一记闷棍,狠狠地打向了梦寒。她心里一痛,脸色一僵,盯着雨杭的眼光立刻从哀恳转为悲愤。她痛苦地咬了咬嘴唇,有口难言,胸口就剧烈地起伏着。雨杭话一出口,立刻就后悔了,见到梦寒这种样子,知道自己冤枉了她,心里就翻江倒海般地痛楚起来。一时之间,有千言万语想要说,但,上有牧白,下有书晴在场,他什么都不能说。牧白陷在自己的焦灼中,浑然不觉两人间的微妙。看到梦寒,像看到救兵似的,着急地说:

"梦寒,你快帮我劝劝他,我已经说了一车子的话,他就是听不进去,执意要走,一会儿说我们在拔河,一会儿说他会窒息,一会儿又是要自由,一会儿又是不能呼吸不能生存的……好像咱们家,是个人间地狱一样,其实,并没有这么严重,是不是?"梦寒的眼光,依旧直勾勾地看着雨杭,她微仰着头,不让眼眶里的雾气凝聚。但,两个眸子已像是浸在水雾里的星星,闪亮的,水汪汪的。"我想,"她咽着气说,"我说任何话也没有用的,如果他根本不要听,或者根本听不见的话!"

他迎视着她的眼光,脸上闪过了一种万劫不复的痛楚,咬着牙说:"地狱也好,不能呼吸也好,生也好,死也好……这场拔河你们赢了,我跟你们回家!"

第九章

雨杭回来之后,奶奶真的绝口不提招赘的事了。非但不提,她的态度突然有了极大的转变,对雨杭和靖萱都非常温和,温和得有些奇怪。尤其是对雨杭,她常常看着他,看着看着,就看得出神了。每次在餐桌上,都会情不自禁地夹一筷子的菜,往他的碗里放去。这种温馨的举动,就是以前待靖南,她也没有过的。因而,难免使文秀、梦寒和靖萱都觉得惊奇。但,谁也不敢表示什么。牧白是心知肚明的。雨杭当然也明白,都是牧白的一篇"胡说八道"引起的反应,被奶奶这样研究和观察着,他颇为尴尬。不过,这种尴尬总比被送作堆的尴尬要好太多太多了,反正雨杭也无可奈何,只得由着奶奶去观察了。靖萱渡过了这个难关,就有如绝处逢生,充满了对上苍的感恩之心,生怕雨杭被自己那种"抵死不从"的态度伤害,她试图要对雨杭解释一些什么。雨杭对她也有相同的心,两人见了面,什么话都没有说,相对一笑,就彼此都释然了。

雨杭又住回了他的房里,撞坏的门也重新修好了。他开始焦灼地等待着机会,要单独见梦寒一面!有太多太多的话要对她说。可是,梦寒开始躲他了,每次吃完饭,她匆匆就回房,连眼光都避免和他的眼光相接触。平时,身边不是带着书晴,就是跟着慈妈,简直没有片刻是"单独"的。这使雨杭快要发疯了,等待和期盼的煎熬像一把火,烧焦了他的五脏六腑,烧痛了他的每一根神经,他不知道自己还能支持多久,觉得自己的脸上身上心上……浑身上下,都烙印着梦寒的名字,觉得普天下都能读出自己的心事了。而梦寒,她仍然那样近在咫尺,却远在天边。

他常常吹着他那支笛子,她听而不闻。他常常故意从她门前走过,门里,总是充满了声音,有小书晴,有奶妈,有靖萱,有慈妈……于是,他知道,如果她存心不给他机会,他是一点机会也没有的。她想要让他死!他想。她存心折磨他,非弄得他活不下去为止!他真的快被这种思念弄得崩溃了,那么想她,那么爱她,又那么恨她!这样,有一天,他终于在回廊上逮住了她,慈妈带着书晴在她身后,距离只有几步路而已。他匆匆地在她耳边说:

"今天晚上十二点钟,我来你房间!"

"不行!"她急促地说,"最近书晴都睡在我房里……"

没有时间再多说了,书晴已经蹦蹦跳跳走过来了,他只得威胁地说:"那么,你来我房间,到时候你不来,我就什么都不管了,我会在你房门口一直敲门,敲到你来开门为止!

惊动所有曾家的人，我也不管！"他匆匆地转身走了，留下她目瞪口呆，心慌意乱。

这天晚上，他断断续续地吹着笛子，吹到十一点钟才停，吹得梦寒神魂不定，胆战心惊。梦寒等到了十二点，看到奶妈带着书晴，已经沉沉入睡。她溜出了房间，四面倾听，到处都静悄悄的，整个曾家都睡着了。她不敢拿灯火，摸黑走了出去。小院风寒，苍苔露冷，树影朦胧，楼影参差。她穿过回廊，走过小径，心中怦怦地跳着，好不容易才走到他的房门口。还来不及敲门，房门就无声无息地打开了，他伸出手来，把她一把拉进了房间。

房门在她身后合拢了。

他们两个面面相对了。她立刻接触到他那燃烧着的眼睛，像两把火炬，对她熊熊地烧了过来。她被动地靠在门上，心，仍然在怦怦怦地狂跳着，呼吸急促。他用双手支撑在门上，正好把她给"锁"在他的臂弯里。

"你预备躲我一辈子吗？你预备让我这样煎熬一辈子吗？你预备眼睁睁地看着我毁灭，看着我死掉吗？"他咄咄逼人地问。这样的问话使她毫无招架之力，使她害怕，使她心碎。她想逃开，但没有地方可逃。他不等她回答，手臂一紧，就把她圈进了自己的怀里，他的胳臂迅速地箍紧了她，他的唇，就忘形地，昏乱地，烧灼地，渴求地紧压在她的唇上了。她不能呼吸了，不能思想了，像是一簇火苗，"轰"的一下点燃了整个火药库，她全身都着火了。那么熊熊地燃烧着，美妙地燃烧着，万劫不复地燃烧着，视死如归地燃烧着……直把她每根头发，每个细胞，每根纤维，每个意念……一起燃烧成灰烬。好一会儿，他的头抬起来了，她的意识也慢慢地苏醒了。睁开眼睛，他的眼睛距离她的只有几寸远，他深深地凝视着她。那对眼睛深邃如黑夜，光亮如星辰，燃烧如火炬，广阔如汪洋。怎会有这样的眼睛呢？能够烧化她，能够照亮她，能够吞噬她，也能够淹没她……他是她的克星，是她的宿命，是她的魔鬼，是她的地狱，也是她的天堂……不，不，不，她摇着头，先是轻轻地摇，然后是重重地摇。不，不，不！这是毁灭！这是罪恶！她怎么允许自己陷入这种疯狂里去！

"不要摇头！"他哑声地说，用自己的双手去紧紧地捧住她的头，"不要摇头！这些日子以来，我最深的痛苦，是不知道你的心，现在我知道了！只要肯定了这一点，从今以后，水深火热，我是为你跳下去了，我什么都不怕，什么都不管了！"

她还是摇头，在他的手掌中拼命地摇头，似乎除了摇头，不知道还能做什么。摇着摇着，眼里就蓄满了泪。

"不要再摇头了！"他着急地，命令地说，"不要摇了！"

她还是摇头。"你再摇头，我就……我就又要吻你了！"他说着，见她继续摇着，他的头一低，他的唇就再度攫住了她的。

这一次，她的反应非常快，像是被针刺到一般，她猛地奋力挣扎，用尽浑身的力量一推，就推开了他。扬起手来，她飞快地，狠狠地给了他一个耳光。

这个耳光，使他迅速地往后退了一步。两人之间，拉开了距离，彼此都大睁着眼睛望向对方。梦寒重重地喘着气，脸色惨白惨白。雨杭狼狈地昂着头，眼神昏乱而炽热。

"你怎么可以这样对我？"梦寒终于说出话来了，"先把我逼进你的房里，再对我做这样的事！你把我当成怎样的女人？没有羞耻心，没有道德观，没有责任感，没有自爱和尊严的吗？你这样欺负我，陷我于不仁不义的境地，是要逼得我无路可走吗？"她一面说着，泪水就像断线的珍珠一般，不住地往下掉，"你忘了？我是曾家的寡妇，是靖南的遗孀呀！"

雨杭的眉头紧紧地一蹙，眼睛也紧紧地一闭，梦寒的话，像利刃般直刺进他的内心深处，刺得他剧痛钻心，冷汗涔涔。

"你这样说未免太没良心！"他睁开了眼睛，直视梦寒，语气悲愤，"你明知道你在我心里的地位，是那么崇高，那么尊贵！全世界没有一个人在我心中有你这样的地位！我尊敬你，怜惜你，爱你，仰慕你，想你，弄得自己已经快要四分五裂，快要崩溃了，这种感情里怎会有一丝一毫的不敬？我怎会欺负你？侮辱你？我的所行所为，只是情不自禁！五年以来，我苦苦压抑自己对你的感情，这种折磨，已经让我千疮百孔，遍体鳞伤！我要逃，你不许我逃！我要走，你不许我走！在码头上，你说我听不见你心底的声音，我为了这句话，不顾所有的委屈痛苦，毅然回来，而你，却像躲避一条毒蛇一样地躲开我！你知道我有多痛苦吗？你知道我等你的一个眼神，等你的一句话或一个暗示，等得多么心焦吗？你弄得我神魂颠倒，生不如死，现在，你还倒打一耙，说我在欺负你！你太残忍了，你太狠了！你太绝情了！"

梦寒的泪，更是奔流不止了。

"好了！"他转开头，冷冷地说，"如果你认为我对你的爱，是一种侮辱的话，那么，请你走吧！如果你心里根本没有我，只有那些仁义道德，那么，也请你走吧！我以后再也不会纠缠你，威胁你了！当我要离开曾家的时候，也请你再也不要出面来留我！我很傻很笨，我会误会你的意思！"

她咬咬嘴唇，咬得嘴唇出血了。她站在那儿，有几秒钟的迟疑。然后，她重重地一甩头，就毅然地掉转身子，伸手去开房门。他飞快地拦了过来，脸色苍白如纸。

"你真的要走？"他问。

"是的，我要走！"她咽着泪说，"我根本就不该走进这个房间，根本就不该站在这儿，听你说这些话！听你用各种方式来扭曲我，打击我！想当初，我是拜过贞节牌坊嫁进来的，但是，就在拜牌坊那一瞬间，我已经有了一个不贞不节的灵魂，因为我的喜帕飞到了你的身上，我掀开喜帕第一个见到的不是靖南而是你！从此以后，你的所作所为，你的风度，你的言行，你的谈吐，你的孤傲，你对我的种种照顾……全部变成了生活的重心，如果没有你，我生书晴的时候大概已经死了，如果没有你，靖南死的时候，我就该一头撞死在贞节牌坊上算了，何必再苟且偷生呢？为了这世界上有这么一个你，我活着，虽然活得好辛苦，但，能偶尔听听你的声音，看看你的容颜，悄悄地把你藏在内心深处，就也是一种幸福了！我以为，你对我也是这样的，发乎情，止乎礼！生活在同一个屋檐下，彼此默默地爱，默默地奉献，默默地关怀，默默地相许相知……可能就要这样默默地相处一辈子，但，绝不冒险打破这种沉默，以免连这份默默相爱的权利都被剥夺掉！你以为只有你在苦苦压抑？只有你在痛苦煎熬？你说我残忍！你才是残忍！不只残忍，而且毫无理性！既然口口声声说我心中没有你，算我白来这一趟！言尽于此，以后，我们就各走各的路，谁也不要管谁了！"一口气说完了这番话，她昂着头，又要去开门。他用身子挡着房门，眼睛里、脸上，全都绽放出光彩。

"终于，终于……"他吸着气说，"逼出了你这一番真心话！"他闭了闭眼，眼角竟滑落了一滴泪。他用手拭去泪，笑了："值得了，这就够了！如果默默相爱是你所希望的，我为你的希望而努力！我知道了，我明白了！曾家的七道牌坊像七道大锁，锁住了你，也锁住了我！"他深深地凝视着她，用发自肺腑的声音，低声下气地说，"原谅我！原谅我说了那些话，原谅我故意伤了你的心……我没有办法，我突然对自己完全失去了信心……如果不亲耳听到你说，我会失去全部的勇气……"她没有等到他把话说完，他的那一滴泪，他的笑，他的低声下气……使她那女性的心，再也承受不住，整个人都为他而震动了。她忘形地扑了过去，把他那热情的、狼狈的头，一把抱进了自己的怀里。他被这样的举动所惊怔了。内心的狂喜已难以形容，他抬起头来，四目相对，热情迸射。两人都同时找到了对方的唇，紧紧地贴在一块儿了。

一阵天摇地动，意乱情迷。她蓦地推开他，惊慌地喊：

"不行不行！这样演变下去会不可收拾！看看现在……"她惶恐至极，声音都发抖了，"看看咱们现在变成什么样子了？如果再不停止彼此的诱惑，我们还会做出更可怕的事情来！到时候，你忘恩负义，我十恶不赦，几百层地狱都不够我们下的！"她哀声喊，"快放我出去吧！快放我出去吧！真的爱我，就请保护我！"他悚然而惊，她最后那句话，使他惊醒了。"别慌！"他急切地说，"把眼泪擦了，再出去！"

她没有擦，奋力地拉开房门，她逃也似的，跌跌撞撞地跑走了。她并不知道，在这个黑漆漆的夜里，曾家还有另一个不眠的女人，正站在回廊上，望着雨杭那亮着灯的窗子发呆。这个女人，不是别人，正是曾家的奶奶。因而，奶奶目睹了梦寒冲出雨杭的房间，目睹了她用手捂着嘴，哭着跑开的身影。奶奶惊吓得张口欲喊，身子挺得笔直，一颗心掉进了无底的深渊里。第二天上午，奶奶把梦寒叫进了祠堂里。

屏退了所有的人，关起了那厚厚的大木门，奶奶开始怒审梦寒。"你给我在祖宗前面跪下！"奶奶声色俱厉。

梦寒一句话都没有辩，就直挺挺地跪下了。

"你说！你昨晚半夜三更，到雨杭房里去做什么？"

梦寒一个惊跳，立刻面如死灰，全身的血液，都在刹那间冻成了冰柱。她张口结舌，目瞪口呆，一句话都答不出来。

"说！"奶奶的龙头拐，重重地跺在地上，"你敢说一句假话，我会让你终生后悔！说！"

梦寒哪里说得出话来，全身都簌簌发抖了。

"我……我……"她颤抖着，口齿不清，"我……我……"

"你一个寡妇人家，怎么如此不避嫌疑？是不是你们之间，已有不可告人之事，你给我从实招来！""没，没，没有！"梦寒终于胆战心惊地喊了出来。

"没有？那你去干什么？不要对我说你根本没有去！是我亲眼看见你从他房里跑出来的！你们这样偷偷摸摸已经多久了？你说！你半夜溜到他房里去，有多少次了？你说！我现在都想明白了，怪不得雨杭不肯成亲，原来和你暗通款曲！你这个无耻的女人，靖南尸骨未寒呀！是不是笛子声就是你们的暗号，他吹笛子召唤你，你就溜到他房里去！是不是？是不是啊？""不不不！不是！不是！不是！不是……"梦寒痛喊出声了，"奶奶！我跟您发誓，不是这样的！我嫁到曾家五年以来，一共只去过雨杭的房间两次，我不骗你，如果我说了假话，让祖宗罚我不得好死，让雷劈死我！上一次去，是奉奶奶之命，去说服他娶靖萱！这一次……这一次……"

"这一次是做什么？""这一次是……"梦寒心一横，开始编故事，"是因为雨杭执意要回杭州，念头一直没有打消，爹很不放心，要我有机会的时候跟他谈一谈……我确实是听到笛子声而去的，但是，并不是您想象的那样……我跟您发誓，我没有做对不起祖宗，对不起靖南的事啊……我也没有那个胆量啊……"

"那么，"奶奶尖锐地盯着她，"你为什么从他房里哭着跑出来？""因为……我们谈着谈着，就谈到了靖南，是我一时之间，按捺不住，悲从中来，所以所以，我就哭了，自己也知道不该哭，就跑出来了！"梦寒对奶奶磕下头去，"请奶奶息怒,请奶奶原谅,我知道我错了!以后……以后再也不敢了……"

奶奶直着眼,喘着气,暗暗地琢磨着梦寒的话。越想越狐疑,越想越生气。龙头拐又重重跺地。

"我不相信你!即使你说的是真的,你到雨杭房里去哭哭啼啼,也是品行不端,毫无教养的行为!一个女人的眼泪,是可以随便在男人面前掉的吗?你这不是勾引是什么?"

"我……我错了!我错了!我错了!"梦寒一迭连声地说,不住地磕着头,"是我糊涂,是我不避男女之嫌,都是我错!我已经后悔极了!""我会去找雨杭问个清楚!假若你说了一个字的假话,我会要你求生不得,求死无门!"

梦寒打了个冷战。"奶奶!"不知从哪儿冒出来的勇气,她吸着气说,"我做了任何的错事,请奶奶关着门惩罚我,如果闹得尽人皆知,我也没有脸再活下去了!雨杭那儿,空穴无风,您要问尽管问,只怕他刚刚发生靖萱的事,又再卷入这场是非,他是无法在曾家立足了!奶奶要三思啊!"

奶奶一惊,此话如同当头棒喝,打醒了奶奶。她此时此刻,最怕的还是雨杭离开曾家。身世之谜,没弄清楚之前,她是怎样也无法放走雨杭的。她瞪着梦寒,实在不知道梦寒的话有几分真、几分假。她从鼻子里"哼"了一声,用拐杖在梦寒背上一戳,严厉地说:

"我姑且信了你!你现在给我在祖宗前发重誓,发毒誓,说你绝不再逾越礼法,心中绝对不会再存丝毫暧昧的念头,你会安安分分,循规蹈矩地过日子,远离杂念!说!"

梦寒满怀羞耻，含悲忍泪地跪向祖宗牌位，恭恭敬敬地磕了三个头。"媳妇梦寒，跟祖宗发誓，从今以后，绝不再逾越礼法，绝不会心有暧昧，从此一定循规蹈矩，倘若再有丝毫言行失控，做出引人猜疑的事，梦寒愿遭五雷轰顶，万马分尸！"

奶奶点点头，似乎得到了某种安慰。

"我告诉你！列祖列宗在天上盯着你，我在地上盯着你！曾家几世几代的清誉，七道牌坊的光荣，绝不容许败在你手上！如果你一旦食言，就算没有五雷轰顶，我也保证你生不如死！现在你就给我跪在这儿，好好地忏悔一番！"

奶奶说完，拄着拐杖，掉头而去。

梦寒跪在那儿，像是被魔咒给咒住了。抬眼看去，只见曾家的牌位，重重叠叠，森森冷冷地排列着，如同一个阴森巨大的丛林，自己就被锁在这片丛林里，永远永远都走不出去了。这天雨杭不在家，一早就跟牧白出去办事，到黄昏时分才回来。回家后，听老尤说，梦寒又惹奶奶生气，被罚跪了祠堂，他就大吃一惊。一心一意想找梦寒谈一谈，却苦无机会。晚餐时，他按捺不住，去看梦寒，梦寒正襟危坐，目不斜视，苍白的脸上，带着种几乎是恐惧的表情。这表情使他不安极了，担心极了。而奶奶，整个晚餐的时间里，都在默默地观察着他们两个。雨杭的心揪紧了，难道，昨夜的倾谈，已给梦寒带来了灾难？

他的怀疑，到晚上得到了证实。当他在书晴房里，故意逗留，在那儿教书晴写字的时候，慈妈无声无息地走了过来，

塞了一张折叠得小小的纸笺给他。他收了纸笺,脸上虽然若无其事,心里已有如万马奔腾。回到房里,他打开纸笺,只见上面写着:

  一番倾谈,百种罪孽,奶奶已经起疑!七道牌坊,如同七道魔咒,我已被禁锢,无处可逃!助我救我,请远离我!

  他把纸笺紧压在胸口,心里,是撕裂般的痛楚。他抬眼看着窗外,只见烟锁重楼,雾迷深院。透过那迷蒙的夜雾,曾家大门外那七道牌坊,隐隐约约地耸立在夜色中,那么巍峨巨大,高不可攀,像是七个巨人,正看守着曾家所有的人与鬼!

第十章

雨杭和梦寒,就这样陷进了一份绝望的爱里。

这份绝望的爱,把两个人都折磨得十分凄惨。梦寒说得很好,只要默默地相爱,不需要接触,不需要交谈,把爱深深地藏在心里就可以了。但是,这样的爱太理想化了,太不实际了,太虚无缥缈了,太神圣了……雨杭没有办法这样神圣地去爱一个女人,他渴望见她,渴望和她相聚,渴望和她相守,渴望和她"朝朝暮暮"!这种渴望,使他神思恍惚,心力交瘁。他想不出任何办法,可以飞渡曾家的重重关防。无论是有形的门与锁,还是无形的门与锁,都把他和梦寒,牢牢地锁在两个不同的监牢里。不能探监,不能通信,偶尔交换一个视线,她都像犯了重罪一般,会张皇失措。不知道奶奶怎样吓唬了她,她怕得要命,真的怕得要命。不只她怕,连慈妈都怕。慈妈自从帮梦寒传过信以后,就知道了两个人的心事。她好心痛,这五年以来,她眼看着梦寒在曾家的种种遭遇，也眼看着雨杭对梦寒的种种照顾。尤其梦寒难产的一幕，让她永远难忘！雨杭对梦寒的这一片心，她早就有些明白了！真遗憾，为什么当初嫁的人是靖南而不是雨杭？难道婚姻都是错配的吗？但是，事已至此，曾家是这样标榜"贞节牌坊"的家庭，梦寒已经没有翻身的余地了。如果她还有什么非分的想法，她会被奶奶整死的。慈妈想到奶奶，就比梦寒还紧张。她拒绝再帮两人做信差，找到一个无人的机会，她哀求般地对雨杭说："雨杭少爷，老天爷牵错了红线，配错了姻缘，可这是咱们小姐的命！求你饶了她吧！你会害死她的，真的！"

"慈妈，"他听不进去她那些话，只是哀恳地，焦灼地说，"你快想一个办法，让我能见上梦寒一面才好，我有很重要的话要对她说……""我没有办法，我什么办法都没有！"慈妈转身就逃走了。以后，连慈妈都避着他了。

这种日子不是人过的，这种日子会要他的命！一连许多天，他不敢待在曾家，他去了漆树园，和卓老爹、秋贵他们一起工作，锄草施肥，披荆斩棘，把自己所有的精力，都消耗在体力的工作上。他做得比谁都卖力，好像恨不得把一季的工作，全在几天内做完似的。这样卖力地工作，把别的工人都吓坏了。他倒也不去管别人，只是埋着头做自己的。然后，有一天，风雨交加，别的工人都避雨去了，他却淋着雨，继续工作了一整天。那天夜里，他开始发高烧。他自己是医生，深知这些日子来，体力和心力的双双煎熬，硬是把他打垮了。病情来势汹汹，第二天，他已下不了床。

奶奶、牧白、文秀、靖萱，以及小小的书晴，全都来探视他，只有梦寒没来，慈妈也没来。奶奶和牧白都很着急，奶奶把卓老爹骂了个没完没了，如果不是他管理不善，何至于要雨杭亲自去园里工作？不顾雨杭的坚决反对，他们还是给雨杭请了大夫，大夫说了一大堆的"内热""外寒"之类的名词，开了一些中药，吃下去以后，一点用也没有。雨杭高烧不退，几天以后，人已经憔悴不堪，形销骨立。奶奶真的很着急，私下问牧白："他自己是医生，怎么不给自己好好地治一治呢？"

"唉！"牧白叹气说，"这所有的医生，都是会给别人治病，就不会给自己治病，他老说他没事没事，也不曾看到他开什么药给自己吃！搞不好他那个药箱里的药，都给咱们家的人吃光了！""你去瞧瞧！瞧瞧他那个药箱里还有没有药？我也不管他信不信中医了，我让张嫂给他炖人参，补一补再说！"奶奶说着，蓦然间话题一转，"牧白，我问你，"她严肃地说，"你上次告诉我的那个故事，到底是不是真的？你说那吟翠是个欢场女子，什么叫'欢场'？如果她骗了你呢？如果这孩子根本不是你的种呢？你有没有更有力的证据来证明这件事？"

"娘！"牧白痛苦地说，"我们现在不要研究这个了，好不好？如果你要怀疑吟翠的清白，那么，这是一件永不可能有证据的事！我说过，和不和他相认，对我已经没有那么重要，只要我不会失去他！""唔，"奶奶沉思着，自语似的说，"对你或者不重要，对我，它却太重要了！对曾家，也太重要了！"

　　牧白此时此刻，实在没有心思研究这个。他回到雨杭房里，去翻他的药箱，打开来一看，里面的药瓶多得很，每瓶药都还有大半瓶。他忍不住去推床上的雨杭："喂！你醒醒，你这药箱里明明有药，为什么不吃吃看？"

　　"别烦了！我不想吃！"雨杭一翻身就面朝里睡，拿棉被把自己的头蒙住。牧白拉开了棉被，伸手摸摸他的额。

　　"你烧成这样子要怎么办？已经五天五夜了，烧一直没有退，你不是有退烧药吗？是哪一瓶呢？"他拿了一堆药瓶到他床前去，"你看一眼呀！"雨杭被他拉扯得无法休息。忽然间，他翻过身子来，一把抓住了牧白胸前的衣服，睁大了眼睛，激动地冲口而出：

　　"干爹！我没救了！吃什么药都没有用了！"

　　"什么话？"牧白脸色大变，"不过是生场小病而已！干吗要咒自己呢？"他瞪着雨杭，在雨杭眼中看出了一些东西，他担心地问，"雨杭，你是不是有什么心事？"

　　这一回，雨杭再也沉不住气了。他从床上坐了起来，手握着拳，重重地捶了一下胸口：

　　"是的！我有心事，我被这个心事，快要压得窒息了！我真的苦不堪言，生不如死！干爹，你害死了我！"

　　牧白脸色惨白："我害死了你？是……是什么心事让你这么痛苦呢？是……是……你的身世吗？为什么是我……害你……"

　　"你为什么要收养我？为什么要让我走进曾家？为什

要让我遇到梦寒?"雨杭喊了出来,用双手痛苦地抱住了头,"我爱上了梦寒!"他呻吟般地说,"我爱上了梦寒!"

牧白猛地一震,手里的一瓶药掉到地上打碎了。他跌坐在床沿上,目瞪口呆地看着雨杭。"干爹!"雨杭话已出口,就豁出去了,他扑向了牧白,抓着他摇了摇,"请你帮助我!请你救救我,我真的心慌意乱,束手无策了!我知道,这是不可以的,这是错误的,我违背了道德礼教,罪不可赦!可是,我就是情难自禁,我完全控制不了自己的感情,我就是爱她,好爱好爱她!爱到我神魂不定,心都碎了!我简直活不下去了!"

牧白仍然呆若木鸡,雨杭再摇了摇他。

"你不要这样子!请你帮我!也请你帮梦寒……"

牧白整个人都跳了起来。

"你是说,这不是你的单相思?梦寒也……也……"

"是!梦寒上次被奶奶罚跪祠堂,就因为奶奶撞见梦寒从我房里出去!但是,梦寒是来跟我说,我们不可以相爱的,但是,人生并不是所有的事,都能用'可以'或'不可以'就解决的!""奶奶也知道了?"牧白更加惊惶了。

"没有!奶奶只是怀疑,可是,梦寒已经吓得魂飞魄散了!她已经全面性地拒绝跟我沟通了!我们住在同一个屋檐下,却见不了面,说不了话,这种生活,实在是人间地狱,我过不下去了!梦寒,她嫁进曾家那天,她的红巾就飞到我的身上,或者,命中注定她是我的!她现在还那么年轻,你们为什么要让她把整个的一生陪葬掉呢?如果我可以给她一个幸福的婚姻,一个崭新的未来,不是也很好吗?"

"住口住口!不要说了!"牧白紧张地一把抓住雨杭,低吼着说,"你给我彻底打消这个念头,放弃这种论调,你听清楚了吗?再也不要提这件事,再也不要让奶奶起疑!你听到了吗?你们不可能有婚姻,不可能有未来,什么都不可能有!这不是我答不答应,或奶奶点头摇头的事!这是整个白沙镇的事!你明白吗?"雨杭眼神昏乱地盯着牧白。

"因为七道牌坊不单是曾家的,几百年下来,它们已经是整个白沙镇,整个歙县,整个徽州地方上的一种光荣徽帜,它们在老百姓的心目里是神圣的,不容亵渎的,要是谁敢让这七道牌坊蒙羞的话,那会引起公愤的!所有曾氏家族的族长都会出来说话,所有的镇民都会群起而攻之!那会是一个人间最惨烈、最残酷的悲剧!那绝不是你能承受的,更不是梦寒所能承受的!假若弄到那个程度,我连救都没法救你们!我不骗你……"他激动地摇着雨杭,"雨杭!你千万别糊涂,千万别害梦寒!这件事到此为止,你的痴心妄想,只会害了你自己,毁了梦寒!这太可怕了!你一定要相信我……你今天病得糊里糊涂,我等你脑筋清楚了,再跟你仔细谈!"

雨杭绝望地往后一倒,倒在床上,所有的力气都没有了。他闭上眼睛,不想说话,也没力气说话了。牧白见他这样子,痛在心里,却不知怎样来安慰他。这件事,给他的震惊太大太大了,他必须去抚平自己的思绪。再看了雨杭一眼,他惶惶然地说:"你可能是烧糊涂了,才会说这些,赶快吃点药,把烧退下去再说!""你不要管我了!"雨杭激烈一喊,就往床里面滚去,把脸对着墙说,"你随我去吧!我死不了的!"

牧白毫无办法,只得带着一颗惊慌失措的心,忧心忡忡地离去了。雨杭躺在那儿,觉得自己从来没有这样脆弱过,真是心灰意冷,了无生趣,情绪低落到了极点。本来就在发高烧,这一下,更是全身滚烫,四肢无力,整个神志,都变得混沌不清了。就在这片混沌不清中,他忽然觉得有人在推着他,有个声音在他耳边急切地低喊着:

"雨杭!雨杭!雨杭!雨杭……"

梦寒!可能吗?他陡地惊醒了!翻过身来,他迷迷糊糊地睁开了眼睛。于是,他看到梦寒的脸,在一片水雾中荡漾。她坐在床沿上,向他仆伏着身子,她那美好的双瞳,浸在两泓深深的潭水里。怪不得贾宝玉说女人是水做的,梦寒就是水!涓涓的水,缠绵的水,清幽的水,澄澈的水,澎湃的水,激荡的水,汹涌的水……即将把他吞噬淹没的水!

"雨杭!你醒一醒,你看到我了吗?你看着我,因为我只能停两分钟,慈妈在门外帮我把风,可是我怕得要命,我不敢多待!所以,你一定要清醒过来,否则我就白白冒了这么大的险,白白跑了这一趟!"

雨杭真的清醒了,他猛地抬起身子,抬得那么急,以至于一头撞在床头的横柱上,撞得"砰"的一声响。梦寒急忙去帮他揉着,泪水扑簌簌地潸潸而下。泪珠滴在他的脸上,如同清泉甘露,他精神一振,沮丧全消。他努力睁大眼睛,伸手去捉住了她在自己额前忙碌的手:"你来了!你居然冒险来了!""听我说!"她挣开了他的掌握,伸出双手,去捧住了他的脸,她逼视着他,用力地,清晰地说,"你一直是我的医生,我不允许你病倒!请你为了我,快快地好起来!靖萱告诉我,你不吃药,又不给自己治疗,你要让我心痛而死吗?不能和你接触,不能跟你说话,已经是最大的煎熬了,我们谁都没有办法再多承受一些了!你,千万千万,要为我保重啊!"

他盯着她,笑了:"我哪有生病?我好得很,故意做出生病的样子来,就为了把你骗过来,听你讲这几句话!不信,我下床给你看!"他坐起身子,掀开棉被,就要下床,无奈一阵头昏眼花,天旋地转,整个人就差点滑落到地上去。梦寒大惊失色,急忙扶住他,把他推上床,他无法再逞强了,坐都没坐稳,就重重地倒回去了。梦寒扑在他身上,泪如雨下,哽咽地低喊:

"雨杭,你要我怎么办?"

他伸出手去,抚摩着她的面颊,试图用手指拭去她的泪。

"我错了,"他哑哑地说,"不该把自己折腾成这个鬼相,让你担心,又让你冒了这么大的危险来看我!你放心,我会吃药,我马上就会好起来,真的,不骗你!我知道,你来这么一趟,是多么艰难,要鼓起多大的勇气,你来了,我真的是万死不辞了!我要为你坚强,为你赴汤蹈火,排除万难,不管前面有七道,还是七百道牌坊,我咬了牙也要一个个闯过去!"他轻轻地推了推她,"去吧!快回去,别让奶奶看见了!我现在这样衰弱,只怕保护不了你!你快走!"

她点了点头,站起身来,他的手从她面颊上落下来,却又握住了她的手。他的手因发热而滚烫,她的手因害怕而冰冷。她舍不得把自己的手从他手中抽出来,站在那儿痴痴地看着他,两人泪眼相看,都已肝肠寸断。然后,慈妈在外面轻轻咳嗽,使两个人都惊醒过来。梦寒仓促地擦擦眼泪,匆匆地说:"我非走不可了!"他松了手。她毅然地一转身,向门口奔去。他紧紧地注视着她的背影。她跑到门口,忽然站住,又掉回头,再奔回到床边,俯身在他唇上印下一吻。她用热烈的眼光瞅着他,激动地说:"啊,我会被五雷轰顶,万马分尸!"

说完,她飞快地站起身来,这次,再也不敢回头,她匆匆地跑走了。他看着她的身影消失,看着那两扇门合拢,他低喃着说:

"你不会!五雷要轰你,必先轰我,万马要分尸,必先分我!就算七道牌坊全倒下来压你,也必须先把我压成肉泥!因为我会挡在你的前面!"雨杭这次的病,虽然来势汹汹,去得倒也很快。一个星期后,他又跑出跑进了,看起来精神还好,只是消瘦了许多。奶奶对他这场病,觉得有点儿纳闷,病得奇怪,好得也奇怪!她更加警觉了,把梦寒盯得死死的。所幸,梦寒自从跪祠堂以后,似乎深有所惧,每日都关在房间里,深居简出。这使奶奶在疑惑之余也略略放了心。

但是,牧白却如坐针毡,惶惶不可终日。自从知道了雨杭的秘密,他简直是忧郁极了,担心极了。梦寒还这么年轻,雨杭又这么热情,孤男寡女,干柴烈火,万一再发展下去,一定会出事!他想来想去,只好下定决心,先把雨杭调走再说！希望时间和空间，可以冲淡两人的热情。于是，当雨杭病体稍愈，他就和雨杭来到码头上，他看着泰丰号说：

"这几天，我已经吩咐行号里，陆续把货物装箱上船了！"

雨杭震动地看着牧白，眼光变得非常敏锐。

"我想，你还是早一些走比较好，免得你留在家里夜长梦多！我实在太担心了！"牧白坦白地正视着他，"你办完了事情，就回杭州去看看江神父吧，你不是心心念念要回去看他的吗？你不妨在那儿多住一段时间，冷静冷静你的情绪，换一个环境住住，或者，你就会醒过来了！"

"干爹，"雨杭憋着气说，"你是在赶我走吗？"

"我实实在在舍不得你走，但是，我情迫无奈，逼不得已啊！""别说什么情迫无奈，逼不得已的话！你对我确实是仁至义尽，今天是我对不起你，你如果想和我恩断义绝，不必兜圈子，你就对我直接说了吧！"

"什么恩断义绝？"牧白大惊，"哪有那么严重？你以为我要和你一刀两断吗？""难道不是吗？从来都是我要走，你死命不让我走，即使是我闹脾气，住到船上来，离家咫尺而已，你也苦口婆心地非把我劝回不可，每逢我要跑船的时候，你更是千交代、万嘱咐地要我早日归来。这些年来，你一直像只无形的手，无论我到哪里，你都把我往回拉，可是，我现在却强烈地感觉到，你这只手，在把我拼命往外推……""你不要误会啊，"牧白焦灼地说，"这只是暂时的，因为我不能放任你再在这个危险的感情旋涡里去转，你会毁灭的！""我不会毁灭，只要你帮我，我就不会毁灭！"

"我不能帮你！一点点都不能帮你！"

"我懂了！"雨杭悲愤地说，"你我的父子之情，实在没办法和那七道牌坊相比！你重视那些石头，更胜于我和梦寒！你们曾家都是这样的，什么都可以割舍，什么都可以放弃，就为了那七道牌坊！以前，我听说有的宗教用活人的血来祭祀，我不相信，但是，这些牌坊，就是用活人的血来祭祀的！"

"你不要说这些偏激的话！无论如何，忠孝节义是我们中国最基本的美德，我们不可以因一己的私欲，把它们全体抹杀！你是那么聪明的人，为什么如此执迷不悟？你必须振作起来，忘掉梦寒！你放心，我和你的父子之情，永不会断！我也不会重视牌坊，更胜于重视你！就因为太重视你，才苦苦劝你离去！到杭州去另外找一个物件……"

"我不跟你说了！"雨杭生气地说，"你从没有恋爱过，你根本不了解爱情！你要我走，我就走！反正这是你的家，我无可奈何！但是，我告诉你，不管我走到哪里，我都不会放弃梦寒！"他掉转身子，大踏步地走开了，剩下牧白，满心痛楚地站在那儿发呆。几天后，雨杭好不容易，看到梦寒带着慈妈和书晴，从花园中走过。他四顾无人，就再也顾不得忌讳，冲了过去，他匆匆地对慈妈说了一句："慈妈，掩护我们！"就一把拉住梦寒的胳臂，把她拖到了假山后面去。

慈妈大吃一惊，吓坏了，赶紧拉着书晴，坐在假山外面的出口处讲故事。一会儿讲虎姑婆，一会儿讲狼来了，心慌意乱之余，讲得乱七八糟。幸好书晴年纪小，完全不解世事，照样听得津津有味。在假山后面，雨杭把握着仅有的机会，和有限的时间，急促地说："你听着，梦寒！我再过三天，就要上船，可能要两三个月才能回来！"梦寒点点头，难掩满脸的关怀之情。

"你的身体怎样？为什么不多休息几天呢？"

"别管我的身体，我的身体好得很，自从你来过以后，我就好像被打了强心针，现在是刀枪不入、水火不攻了！你放心！你听好，我已经下了决心，我要去做一番安排，你好好地在这儿等我，我回来以后，就带着你远走高飞！"

梦寒瞠目结舌："你什么？你说什么？什么远走高飞？"

"梦寒，在这个家庭里，你我只有两条路，一条是被礼教处死，一条是被相思处死，总之都是死路一条！我们这么年轻，我们必须闯出第三条路来！所以，我这次要去杭州，要去上海，为我们的未来找寻帮助，我现在已经有了腹案了，我要带着你和书晴，远涉重洋到英国去，到一个完全不同的国度，那儿没有牌坊的压迫，没有礼教的挞伐，也没有愤怒跟唾弃来伤害我们！我们可以重新开始，建立一个全新的家！"

梦寒深深地抽了一口气，急遽地摇起头来：

"不行不行！你快打消这样的念头，我不能跟你走！"

"你一定要跟我走！"雨杭坚决而热烈地说，"我们都已经试过了，你那套'默默地爱'是行不通的，我也不要这样'默默地'爱你，我要让全天下都知道我爱你！我无法忍受相爱是犯罪，是见不得人的这种事实！所以，让我们站到阳光底下去,坦坦荡荡地爱吧!"

"不行不行!"梦寒依旧慌乱地摇着头,"我没时间站在这儿听你的天方夜谭了!我要走了!给人撞见,我就跳进黄河也洗不清了!""梦寒,"他正色地,真挚地,几乎是命令地说,"我从来没有这么认真过,我也终于明白,没有你,我是无法在这个世界上生存的!我的生命和你的生命,已经缠在一起,再也分不开了!请你相信我,不要惊慌,也不要犹疑,等我回来带你走!""你不要计划也不要白费心机了!"她急急地说,"不论我在感情上面是多么把持不住,我还有我的道德观、我的思想和我的为人……我已经充满犯罪感了,你还要诱惑我,煽动我,我不能再堕落沉沦下去了!我不跟你走,绝不绝不!"

"我以为,你是爱我的!"

"爱是一回事,放弃自己的责任又是一回事!让我坦白告诉你吧!我对你的爱,那么深刻又那么强烈,几乎没有任何一种感情能够和它相比!但,我也深受良心的谴责,这份谴责,使我痛苦不堪!我觉得我已经是大错特错,恬不知耻!如果我再荒唐到去和你私奔的话,我会轻视我自己,痛恨我自己的!在我轻视自己又痛恨自己的情况下,我怎能继续爱你呢?所以,如果我真的跟你走了,我们的爱,也会在我强烈的自责下破灭掉!那,还会有什么幸福可言呢?"

"哦!"雨杭痛苦地低喊,"我现在必须和你讨论你的'道德观',修正你的思想,但是,我没有时间,没有机会跟你彻底地谈!想见你一面,单独说几句话,比登天还难,像现在这样还是瞎撞出来的,你叫我怎样来说服你呢?怎样跟你讲道理呢?""你不用说服我,也不要和我说道理了!你那套'坦坦荡荡'的爱,才是行不通的!我们有什么资格'坦坦荡荡'呢?我们的缘分只有这么多呀!好了,不要再谈下去了,太危险了!你……"她深深地看着他,"一路顺风,珍重珍重!"

　　说完,她冲出了那座假山,拉起小书晴的手,就急急地走掉了。雨杭仍然站在那假山边,呆呆地站了好久好久。梦寒的话,像是一盆冷水,对他当头泼下。但是,他没有泄气。自从梦寒在他病中出现在他床前,用那种狠狠而热情的声音说"啊,我会被五雷轰顶,万马分尸!"之后,他就无惧无畏了。如果,在这人间,像这样强大的爱,都没有力量冲破难关,那么,还有什么力量是可以信任的呢?

　　三天后,雨杭离开了白沙镇。

第十一章

　　雨杭的暂时离开，使曾家很多的人都松了口气。牧白怀着有关雨杭身世和爱情的双重秘密，已经不胜负荷，整天都提心吊胆，所以，这次是真的希望他早些走。奶奶自从知道雨杭可能是曾家的骨肉以后，对雨杭的感情就非常矛盾，一方面不自禁地要去喜爱他，一方面又不自禁地要去怀疑他。再加上那份隐隐的不安，生怕梦寒和他之间，发生不可告人之事，所以，也弄得整天精神紧张。现在，他走了，她才能静下心来仔细地想一想。梦寒虽然离愁百斛，无限相思，可是，他走了，她总算不必躲躲藏藏，到处避嫌了；也不必连视线眼光都受监视了；更不必害怕，他会从假山后面跳出来，或深更半夜一直吹笛子了。这才有机会喘一口气。

　　这样，两个月过去了。曾家，不管私下里怎样暗潮汹涌，表面上，却相当平静。人人都借此机会，休养着疲惫的身心。

　　靖萱好不容易，总算挨到放暑假了。这天下午，她又借着学画之便，和秋阳见面了。她和秋阳，从小，就有一个秘密的会面之处，他们称它为"老地方"。那是在一个幽静的小山坡上，有一片树林，林子里有很多的合抱的大树。在其中一棵上面，秋阳十七岁那年，在上面刻下了一株萱草，一个太阳，对她说："《红楼梦》里说，贾宝玉和林黛玉，前生一个是石头，一个是仙草，仙草因石头帮它遮风蔽雨，无以回报，便誓言转世为人，将用一生的眼泪来还！"他指着大树，笑着说，"现在你看，这太阳是我，萱草是你，咱们不像他们那么苦，因为太阳是温暖的，光明的，它会让萱草茁壮成长，朝气蓬勃！咱们之间，没有恩，没有债，没有眼泪，只有爱和阳光！"

说得那么好，怎么可能没有眼泪呢？没多久，靖萱就发现，眼泪和爱情根本是个连体婴，分都分不开的。在他们这些年的恋爱里，她还真的流了不少的泪，因为，她好爱哭，欢乐的时候要哭，离别的时候要哭，害怕的时候要哭，等待的时候要哭，久别重逢时，又忍不住要哭。

现在，两人在树下相逢，靖萱当然又控制不住眼泪了。这年的秋阳，已经念到大三了，再过一年，就要大学毕业了。他早已长成一个身材挺拔、皮肤黝黑、健康明朗、英俊潇洒的年轻人了。两人在大树下一见面，就忘形地拥抱在一起了。秋阳找到了她的唇，就给了她一个又热烈又缠绵的吻。吻完，他才激动地，追切地说："我收到你的信，真是吓得魂飞魄散，奶奶怎么会那么疯狂，居然要把你和雨杭大哥送作堆！还好事情过去了，但是，我的危机意识也产生了！这样下去,不是办法,我远在北京念书,对你鞭长莫及,你家里随时会把你嫁掉,我们一定要想个长久之计才行!""眼前这个难关渡过了,我就放心不少,反正奶奶已经钻了牛角尖,家里只剩下我这个女儿,她一定会找个人来招赘的!平常的人奶奶还看不上!又要门当户对,又要肯入赘,哪有那么容易找呢?所以,我想,拖到你大学毕业,大概不难,等你毕业了,或者,奶奶会对你这个学历另眼相看,把我许给你也说不定!就像对雨杭大哥一样!雨杭什么都没有,家世,财产,门第……统统谈不上,就是有人才!"她抬头热烈地看着他,"好了!咱们不谈这个了!你,在北京半年了,有那么多女同学围绕着你,你……有没有……有没有……"

"交女朋友吗?"秋阳接口说,"当然有啊,大学里的女学生,和咱们这乡下地方是完全不同的,白沙镇保守得可以放进历史博物馆里去了!北大的女学生,都主动得很呢!有两三个,对我确实不错!""两三个吗?"她憋着气说,"她们很漂亮吗?很有才气吗?书念得很好吗?你跟她们到什么程度呢?"

"不过是拉拉小手,散散小步什么的……"

她的脚一跺,眼眶一红,转身就要走。秋阳一把抓住了她,把她牢牢地箍进自己的怀里,他紧紧地,紧紧地拥着她,在她耳边热烈地,真挚地,一往情深地低喊着:

"傻瓜!我的心里面,这样装满了你,无数无数的你,常常让我觉得,只要一不小心,你就会从我心里面,满溢到我的喉咙口,然后,从我嘴巴里掉出来……所以,我必须小心翼翼，万一你掉了出来，我还得把你抱牢，免得摔痛了你，再把你装回心里面去……"听他说得如此稀奇古怪，她不禁抬起头来，惊奇地瞪着他。他的眼睛亮晶晶的，整个脸都绽放着阳光。"我每天这样忙碌地呵护着我心里那无数个你，你认为我还有时间去交女朋友吗？即使我交了，她们看到我这样魂不守舍，张皇失措的，老是忙着照顾心里的那个你，你认为，她们还会要我吗？"她瞅着他，嘟起了嘴。

"你这人……学坏了！满嘴的胡说八道！"

他正视着她，不开玩笑了。他的眼光真切而坦白：

"我并没有胡说八道，我真的魂不守舍，每天算着回来的日子，简直是度日如年。每晚捧着你的信，不是看一遍，是看无数无数遍，一直看到每封信都可以倒背如流。我的心里，真的是塞满了你，没有任何空隙来容纳别人了！别说拉拉小手，散散小步了，就是聊聊小天都没有情绪……你的人虽然不在北京，你的音容笑貌，却和空气一样，无所不在啊！"

她眨着眼睛，长长的睫毛扇动着，眼里迅速地蓄满了泪，她又想哭了。"不许掉眼泪啊！"他警告地说，"我受不了你掉眼泪啊！"

偏偏她的眼泪就落下去了。

他飞快地用他的唇去吻住她的眼睛，吻完了左边，再吻右边。接着，就把她的头紧压在他的胸前。她听到了他的心跳声，那么沉重，快速而有力。感觉到这颗强而有力的心是属于她的，她就激动得浑身都发抖了。

靖萱这天回到家里，比平时晚了半小时，奶奶已经在那儿找人了。"怎么学个画学那么久?""是……今儿个上课比较晚,老师有点事……"靖萱支支吾吾的。幸好,全家没有一个人再追问下去,只有梦寒,对她深深地看了一眼。奶奶和文秀这天都很兴奋,根本没有怀疑她什么。奶奶不住地对她上上下下地打量,笑吟吟地对文秀说:

"我就说嘛,这丫头是红鸾星动了,挡都挡不住!上次的事幸好没成,要不然就错失了这次的良机,是不是?"

"可不是吗!"文秀应着,看着靖萱的眼光也是喜滋滋的。

"你们在说什么?"靖萱听不懂,但是,她的心已经猛烈地跳起来了。"靖萱,"奶奶微笑地接口,"今年就是逃不掉要给你办喜事。真是天大的好消息!去年来我们家提过亲的顾家,上个月又派人来说媒,我随便带了句话给他们,问他们家肯不肯入赘?结果,今天下午,他们回话了,已经一口答应了呢!"

靖萱脑子里"轰"的一响,如闻晴天霹雳。

"这个名叫顾正峰的孩子,跟你同年,"奶奶浑然不觉靖萱的不对劲,继续说着,"是顾家第五个儿子,人家人丁兴旺,所以不介意入赘这回事!"

"这顾家就是南门的顾家,"文秀怕奶奶说得不清楚,又补充着说,"是好人家!家世,门第,都没得挑!像这样的体面人家,父母健在,却肯入赘,真是咱们家的运气,太理想了!所以,奶奶也爽快地答应了!"

靖萱脸上的血色,全部消失了。一阵晕眩,天摇地动地袭来,她双腿一软,整个人就摇摇欲坠。梦寒慌忙从后面撑住了她,急急地说:"天气这么热,八成中了暑!"

"中了暑?"奶奶定睛一看,"可不是!脸色白得厉害!我就说嘛,大热天的,去学什么画!梦寒,你快搀她回房歇一歇,反正亲事已定,这些话有的是时间说!等一等,我这儿有十滴水,拿几瓶去给她喝!"

梦寒拿了"十滴水",扶着靖萱,匆匆地走了。

一回到靖萱房里,梦寒立刻把房门关好,就转身扑到靖萱身边,紧张地握着她的双臂,摇着她说:

"靖萱!你千万不能露出痕迹来呀!如果给奶奶他们知道了,你会遭殃的!我看这婚事是逃不掉了!你和秋阳……就此断了吧!""我不能断,我不能不能!"靖萱激烈地说,"我已经付出了整颗心,付出了所有的感情,除了秋阳,我谁也不嫁,奶奶如果逼我,我会宁死不屈的!"她攀住梦寒,哀恳地,求助地嚷着,"你帮帮我吧!你去告诉奶奶,我不能嫁到顾家去!如果现在嫁到顾家去,我已经有一颗不忠的心,我违背了所有的忠孝节义,因为,我叛离了秋阳!"

"你和秋阳,有没有……有没有……"梦寒瞠目结舌地问,"有没有做出过分的事情来?你们已经……"

"如果你问的是我有没有把身子给他,那是还没有,可我并不在乎给他,因为我的心早就给他了……"

"还好还好,"梦寒急忙说,"就此打住吧!靖萱,我不能去帮你说任何话,我没有立场也没有资格去帮你啊!你心里的苦,我明白,我比任何人都明白,我了解你是多么的痛不欲生,更了解你是多么的割舍不下!但是,生为曾家人,是命定的悲剧，你一定挣扎不开的！如果你拼命挣扎，你会弄得鲜血淋漓的！听我，听我！"

"如果秋阳肯入赘呢？"靖萱急迫地问，"我马上去找秋阳，让他也找人来提亲，秋阳的条件不会输给那个顾某某的！对了！"她积极起来，"就这么办，到时候，你和雨杭都帮我们敲边鼓……爹最听雨杭的话，咱们快发个电报，把雨杭找回来帮忙！""雨杭？"梦寒悲哀地，低声地，自语似的说，"他连自己都救不了啊，怎么救你呢？"甩了甩头，把雨杭硬生生地甩了开去，她振作了一下，紧盯着靖萱，诚挚地轻喊着："靖萱！这条路太辛苦，太遥远了！秋桐的事，你忘了吗？醒来吧！真的醒来吧！我多希望看到你有一个幸福美满的婚姻，多么希望有情人终成眷属。可是啊，我怎么这么害怕呢？我真的怕你和秋阳，会陷入绝境，会生不如死！不行不行，这种悲剧，不能在你身上发生，你醒醒吧！好不好？好不好？"

"不好不好！"靖萱激烈地说，"你不帮我，我也要想办法帮我自己！唯一不让我变成第二个你的办法，就是不向命运低头！看看你吧！父母之命、媒妁之言的婚姻，把你害得多惨，你还要让我重蹈覆辙吗？我不要！我一定一定不要！我要想办法，我非想出办法来不可！"

梦寒看着她那张坚定的，热烈的脸，看着她那种毅然决然的表情，和她那对灼亮的眸子，就什么话都说不出来了。

靖萱挨到了第二个星期，还是借学画之便，才见到了秋阳。"什么？"秋阳如遭雷击，"顾家愿意入赘？月底就要订婚？"

"是啊，我都快要急死了，好不容易熬到了今天，现在我要问你一句话，你愿不愿意入赘？"

"我？"秋阳吓了一跳。

"咱们只剩下这条路了！如果你真的爱我，要我，那就说服你爹娘，让他们来跟奶奶提亲，好歹和顾家竞争一下，只要赶在月底订婚以前，一切都还有希望！"

秋阳皱紧了眉头，似乎觉得靖萱的话说得不可思议。他激动地说："有希望？怎么可能有希望？第一个，我家里就不会答应入赘，你想想看，我爹我娘，我哥哥，包括死去的秋桐姐，大家付出一切来栽培我，他们眼巴巴地，就希望看到一个出人头地，光耀门楣的卓秋阳，如果我变成了'曾秋阳'，不是让他们每个人都要气死？他们怎么可能同意呢？"

"那……"靖萱咬着牙问，"你的意思是不肯了？是不是？"

"我……"秋阳为难极了，"这不是我肯不肯的问题，是我家里肯不肯的问题。靖萱，你家是赫赫有名的大户人家，对姓氏宗室看得很重，我家虽然卑微，对姓氏宗室是看得同样重要的啊！""总之你不愿意就对了！"靖萱又急又气，"嘴里说得那么好听，什么可以为我生，可以为我死的，结果，连一个姓氏都舍不得放弃！我看清你了，算了，我就嫁给那个顾正峰去，没感情就没感情，至少，人家不介意做曾正峰！"说完，她转身就跑。秋阳飞快地抓住了她，着急地喊：

"你不要意气用事，你听我说！就算我肯入赘，你以为奶奶会点头吗？你不要太天真了！秋桐只要当个小星，人都死了，木头牌位都进不了祠堂！这种记忆，我一生难忘！靖萱，"他正色看她，眼神真切而热烈，"以前和你谈恋爱，谈得糊里糊涂，一切只是身不由己，心不由主！自从念了大学，我就常常在想，我们以后要怎么办？等到发生了雨杭大哥的事以后，我更是想破了头，上次见面，我就跟你说过，我们一定要有长久之计！没料到我们这么快就要面对这个问题！我认为……"他加强了语气，"我们只有一条路可走，我们私奔吧！"

"私奔？"靖萱的眼睛睁得好大好大，呼吸急促。

"是的！私奔！"秋阳有力地说，"你千万别露出破绽，我也不告诉家里，事情必须非常机密，然后，等我筹备成熟，咱们说走就走！""可是……"靖萱犹豫地问，"我们要走到哪里去呢？北京吗？""北京去不得！你家发现你和我跑了，第一个要找的地方就是北京！""那你……你念了一半的书怎么办？"

"此时此刻，还顾得着念书吗？"秋阳大声地说，"书，以后还有机会去念，失去了你，我哪里再去找第二个？"

靖萱的眼睛仍然睁得大大的，不敢相信地看着秋阳，神情昏乱，"但是……但是……我们要去哪里呢？除了北京和白沙镇，你什么人都不认得，我们要怎么走呢？靠什么生存呢？"

"所以我说，我要筹备一下，第一件事，我们得弄一点钱，不管是走公路、铁路，还是水路，这路费总要筹出来。第二件事，是落脚之处，要找一个大城市，容易找工作的地方，我正年轻力壮，我也不怕吃苦，应该不难找到工作！靖萱，"他盯着她，"你愿意跟着我吃苦吗？我们这一走，你就再也不是金枝玉叶的大小姐了！""不管要吃多少的苦，不管要走多少的路，我都跟你去！"她热烈地说，"只要跟你在一起，人间就根本没有这个'苦'字！我们会把所有的艰苦化为欢喜，我要做你的'芸娘'！"

"说得好！"秋阳点点头，满脸都是坚决，"既然你我都有决心，那么事不宜迟，我立刻就去进行！"

"你哪里去找钱呢？"靖萱担心地问，"你知道，奶奶和爹娘认为我根本不需要用钱，所以我身边都没有钱，但是，我有一点儿首饰，不知道可不可以先拿去变卖……"

"你家的首饰一露相，大概我们谁都走不了！白沙镇的金铺就这么两家，全是你家开的！不过，你可以带着，万一路上需要时再用！目前，我家给我准备的学费，藏在我娘的床底下，我得想办法把它弄到手，反正书也没法念了……这样吧！下星期二，我们还在这儿见面，那时候，我无论如何都会完成初步的安排！你也无论如何都要出来跟我见面！"

靖萱用力地点了点头，紧紧地握住了秋阳的手，两个人深深地对视着，都在对方眼底，看到了那份破釜沉舟的决心，和坚定不移的挚爱。然后，两人再紧紧地拥抱了一下，就各自回家，去为他们的未来而努力去了。

秋阳奔走了三天，终于把自己的路线定出来了。他决定去上海，因为上海是全中国最大的都市了，他和靖萱两个，流进上海的人潮里，一定像大海中的两粒细沙，是无法追寻的。目标一定,这才发现,无论山路水路公路铁路,这路费都是一笔大数字。没办法!只好去偷学费了。

秋阳的运气实在不好,这卓老妈整天待在家里,大门不出,二门不迈,秋阳根本没有机会去偷那藏在床下的钱。再过了两天,他急了,半夜溜进了卓老爹和卓老妈的房间。谁知,他实在不是一个当偷儿的料,那些现大洋又被卓老妈放在一个饼干罐里,动一动就发出"钦钦哐哐"的声音,结果,秋阳这个偷儿,竟被当场逮个正着。

别说整个卓家有多么震动,多么愤怒了。卓老爹揪着秋阳的耳朵,惊天动地般地吼着:

"你疯了?你偷钱?这个钱本来就是你的,你还去偷它干什么?你染上什么坏习惯了,是不是?赌钱?抽大烟?还是什么?你给我老实地说!"

秋贵更是激动得一塌糊涂。

"咱们一大家子做苦工,省吃俭用积这么一点钱给你念书,你现在要把它偷走!你简直不是人!"

"要钱用你就说嘛,"卓老妈伤心透了,"干吗用偷的呢?你要多少钱?你要做什么用?告诉我,我给你……我就不相信你会是去做坏事……"这样,一家人包围着他,又哭又骂又说又叫的,弄得他完全没办法了,竟在走投无路中,把和靖萱的恋爱给招出来了。不但把恋爱给招出来了,把决定私奔的事也招出来了。

这一招出来,全家都傻住了。

卓老爹跌坐在地上,用手抱着头,只觉得天旋地转。卓

老妈立刻就放声大哭,呼天抢地地喊天喊地喊秋桐。秋贵干脆去找了一根扁担来,对着秋阳就一阵乱打,嘴里嚷着:

"我打死你!你这么不长进,不成才!全白沙镇只有一个女孩子你不能碰,不能惹,你就要去碰去惹,你得了失心疯……还要跟人家逃走,你不要爹也不要娘了!念的书全念到狗肚子里去了!你气死我了!这些年白栽培了你,白白让全家流血流汗……"秋阳一面躲着秋贵手里的扁担,一面狼狈地大喊着:

"我没有不要你们,私奔逃走是逼不得已啊!我们逃到安全的地方,成了亲以后,我会拼命地工作,拼命地挣钱,然后回来接你们……我发誓,我一定一定会来接你们,我也一定一定会扬眉吐气的……"

"吐气个鬼!"秋贵一扁担打在他背上,又一巴掌挥到他面颊上,"你带着人家大闺女去私奔,人家追究起来,咱们还有活路没有?到现在为止,咱们还在吃曾家的饭,你搞清楚了没有?你把家里这一点点钱也偷走了,你预备让咱们全家喝西北风啊……"卓老爹终于从地上爬起来了。指着秋阳,沉痛至极地说:

"好了!你今天说的话,我就当没有听过!你说他们月底就要订婚,是吧?那好,你就给我乖乖地待在家里,一步也不准出去!直到他们订了婚!然后你给我彻底死了这条心,回北京念书去!""我没有办法!"秋阳喊着,"我今天说什么,都没有办法让你们了解,失去靖萱,我就等于失去了一切!到那时候,你们才会知道什么叫'失心疯'!我必须救靖萱，救我，也是救我们一家子！我今天打开了一个新局面，你们以后再也不用依靠曾家来生活……钱给我！你们不会后悔的……"说着，他伸手就去抢那个饼干罐。"你抢钱？你居然动手抢钱？"卓老爹这下子怒发如狂了，他跳了起来，一手抢过秋贵手里的扁担，就对着秋阳没头没脑地打了下去。秋贵打的时候，还手下留情，卓老爹这一打，硬是下了狠手，一扁担又一扁担，打得秋阳痛彻心扉，没有几下子，就已经遍体鳞伤，头破血流了。卓老妈又是心痛，又是绝望，不住口地哭喊着："不要打了！不要打了，打死了，咱们又少一个儿子了！哇！我怎么这样命苦，到底哪一辈子欠了他们曾家的，一个女儿赔进去还不够，还要赔一个儿子吗？老天啊！老天啊……"结果，秋阳被打得伤痕累累，动弹不得。卓老妈搬了张椅子，坐在秋阳的床前守着，不让他出门。等到靖萱再到"老地方"去等秋阳的时候，秋阳根本就没有出现。

秋阳是不可能失约的，靖萱等来等去等不到人，心里就充满了不祥的感觉。越等越心慌，越等越害怕，越等越焦急，也越等越沉不住气。最后，她什么都不顾了，她直接去了卓家。当卓家的人看到靖萱居然找上门来，真是又惊又气。"你还来找他！"秋贵咆哮着，"你是金枝玉叶的大小姐呀！怎么不爱护自己的名誉呢？你走你走，你赶快走！"

秋阳看到靖萱来了，悲喜交集，从房间里冲了出来，急迫而负疚地喊："靖萱，我失败了，我泄露了所有的事！"

靖萱看着鼻青脸肿的秋阳，心都碎了。

"你怎么弄成这个样子？"她问。

"你自己看吧！"卓老妈凄厉地喊着，"他爹和他哥哥，已经快把他打死了，你还不放手吗？你为什么要纠缠他，为什么不给咱们家平安日子过呢？"卓老妈一面说着，一面就"扑通"一声，对着靖萱跪了下去，没命地磕起头来，"靖萱大小姐，请你高抬贵手，饶了咱们吧！咱们是穷人家，苦哈哈，配不上你，一个秋桐已经为了你们曾家的人送了命，你行行好，积点阴德，别再来害咱们家的秋阳了！我在这儿给你磕头了！"

靖萱用手捂着嘴，眼泪稀里哗啦地往下掉。她弯下身子，想去搀扶卓老妈，卓老爹一个箭步上前，拉着她的胳臂就往屋外拖，嘴里悲愤地嚷着：

"你们家不是出牌坊的吗？怎么会有你这样的小姐呢？你不要做人，我们还要做人！你快走吧！不要让我骂出更难听的话来！"秋阳追向门口，秋贵拿起扁担又要打：

"我打死你这个混蛋！打断你的狗腿，看你还要不要跟着人家跑？"秋阳仍然追在靖萱后面，秋贵气极，一扁担就对着秋阳的腿用力抽了过去，秋阳吃痛，整个人摔倒在地。

靖萱投降了，转身就往外跑，一面跑，一面哭，秋阳挣扎着爬起来，扯着喉咙在后面狂叫：

"靖萱！我的心永远不变！你等着我，我一定会想出办法来的！你不要灰心！我宁可死，也不会放弃你……"

靖萱听着这样的话，真是肝肠寸断，她捂着嘴，一路哭着，一路奔着，就这样哭回了家里。

靖萱奔回到家里的时候，全家正乱成一团。原来绿珠丫头在牌坊下等靖萱，左等右等都没有见人，眼看天都黑了，不能再等了，就跑到田老师家里去找靖萱，这一找，才知道靖萱今天根本就没有去上课。绿珠这一惊非同小可，连忙回家来找。结果，全家都知道靖萱没有学画，人却失踪了。奶奶的第一个直觉，是被人绑架了，一迭连声地要派人出去找，要报警。绿珠不曾跟牢靖萱，被骂得狗血淋头。正乱着，靖萱哭着奔回家来了。全家都冲到大厅去，看到靖萱这个样子，大家更是心惊胆战，以为她被欺负了。只有梦寒，暗暗地抽了一口冷气，知道什么都瞒不住了。奶奶、文秀、牧白，全围着靖萱，七嘴八舌地在问她发生了什么。她哭着对众人跪了下去，一手抓着奶奶的衣襟，一手抓着文秀的衣襟，她悲恸欲绝地说：

"奶奶！娘！爹！你们救救我！我不要嫁给顾家！我心里已经有了人，这许许多多年以来，我和秋阳，青梅竹马，如今已到了非卿不娶、非君不嫁的地步……我心里再也容不下别的人了！"靖萱这几句话，如同对全家丢下了一个炸弹，炸得每个人都脸色惨变。奶奶拄着拐杖，颤巍巍地问：

"你在说些什么？你再给我说一遍！"

"奶奶！"靖萱已经完全豁出去了，"我知道你们对卓家成见已深，可是我只有跟秋阳在一起，才有幸福可言，如果失去他，我宁愿死掉！除了他，我什么人都不嫁！当初不肯和雨杭成亲，就为了秋阳，连雨杭我都不肯了，我怎么肯去嫁给顾正峰呢？奶奶！请你成全我们吧！我们已经走投无路了!"

文秀一下子就跌坐在椅子里了,嘴里喃喃地自语:

"我不相信这种事!我绝对不能相信……"

牧白的眼睛睁得好大好大,脸色白得像纸。心脏一直往下沉,沉进了一个无底的深渊里。这曾家的风水一定出了问题,怎么先有雨杭和梦寒,现在又有秋阳和靖萱?

"靖萱!"奶奶厉声一喊,高高地昂着头,理智和威严迅速地回复到她的身上,压住了她的震惊,"你给我住口!这些个不知羞耻的话,是应该从一个名门闺秀的嘴里说出来的吗?""奶奶!"靖萱悲切地喊着,"我不是什么名门闺秀,我只是个六神无主、痛不欲生的女子啊……"

靖萱话还没说完,奶奶举起拐杖,一拐杖打在靖萱的背上,靖萱痛叫一声,跌落于地,奶奶尖锐地、愤怒地大喊:

"来人哪!给我把她关进祠堂里去!让她在里面跪着,跪到脑筋清醒为止!牧白,你给我带人去抓卓秋阳,这批忘恩负义的东西,我们对他们太忍让了,一再迁就,竟然养虎为患!你快去!""不要!奶奶!不要……不要……"靖萱哭着喊,却被应命而来的张嫂、俞妈,给拖进祠堂里,关了起来。

结果,靖萱的事,演变成了卓家和曾家的彻底决裂。奶奶把秋桐的牌位给扔了出去。把卓老爹和秋贵的工作全取消了,把秋阳叫来怒骂了一顿。因为"家丑不可外扬",才在牧白的力劝之下,没把秋阳给送去坐牢。至于靖萱,关在祠堂里三日三夜,等到从祠堂里放出来以后,她就开始绝食了。奄奄一息地躺在床上,她粒米不进,完全失去求生的意志,梦寒守在她的床边,怎么劝都没有用。奶奶铁青着脸,声色俱厉地说:"我宁可有个死掉的孙女儿,不要一个不贞不洁的孙女儿!"

第十二章

就在靖萱绝食，曾家人仰马翻，乱成一团的时候，雨杭回来了。当雨杭发现家里发生了这样的大事，实在是太意外，太震动了。牧白现在已顾不得去操心雨杭和梦寒的事，一心一意急着要救靖萱，因为靖萱已经整整五天粒米不进了。文秀守在靖萱床前，哭得两只眼睛像核桃一般。她不停地对靖萱哭着哀求："孩子啊，请你不要这样残忍吧！你不过是失去了秋阳，可你还有我们这么多家人在疼你爱你呀！为什么如此看不开呢？你今天什么都不顾了，你也要想想你苦命的娘啊……我已经失去了靖亚，失去了靖南，现在你是我仅有的一个女儿了！你忍心让我再失去你吗？"

这些话对靖萱毫无意义，她已经下定决心，不要活了。

除了奶奶以外，家里的人，是轮番上阵地苦劝，靖萱闭着眼睛，一概不闻不问。床前堆满了各种汤汤水水，只要送到靖萱面前，她就伸手一挥，打落于地。连靖萱最疼爱的小

书晴,都捧着一杯牛奶来哀求:

"靖萱姑姑,你喝一口嘛,好不好?你喝了我就唱歌给你听,好不好?"没有用,什么招数都没有用,靖萱一心求死。

雨杭大略地了解了一些状况后,就被当成救星般给送进了靖萱的卧室。梦寒、文秀、慈妈、张嫂、绿珠都在房里,雨杭只和梦寒匆匆地交换了一个眼神,什么话都没说。雨杭立刻弯下身子去诊视靖萱。当他看到那个已经因脱水而变得好瘦好小好憔悴的靖萱,心中不禁一怒,真想杀死奶奶!他拨开靖萱的眼皮,看了看她的瞳孔,再拍了拍靖萱的面颊,喊着说:"靖萱!睁开眼睛来看看,是谁来了?是雨杭大哥啊!"

靖萱真的睁开眼睛来了,她用极度哀苦的眼神,求助地看了雨杭一眼,就又把眼睛闭上了。雨杭俯身对她说:

"你听着!你严重缺水,营养不良,这样下去,你会干枯而死,饿死是很难看的。我既然赶回来了,我就不会允许你饿死!所以,我要给你打针了!"

靖萱把头往床里面一转,表示愤怒和不接受。

雨杭不管她的反应,立刻叫人烧水消毒针筒和工具,然后,他示意床边的人全部让开,只对梦寒说:

"你压住她的手腕,我要给她做静脉注射!"

梦寒去压靖萱的手腕,靖萱开始强烈地挣扎,嘴里沙哑地低吼着:"不要不要!请你们让我死!请你们让我死……"

雨杭拿着注射器,俯身在靖萱耳边飞快地说:

"活下去!听我的!"他声音里的那份"力量",使靖萱又睁开眼睛，雨杭盯着她的眼睛，满怀深意地说，"留得青山在，不怕没柴烧！"靖萱的眼光，死死地看着雨杭，然后，有两滴泪，沿着眼角滚落，她不再挣扎，让梦寒压着她，让雨杭为她注射。众人见到注射完成，都不禁大大地松了口气。雨杭注射完毕，转头去看梦寒，他的眼里，闪耀着炽热的火花，诉说着千言万语，使她的心脏猛地跳到了喉咙口，她自己都可以感觉到，血液已经离开了她的面颊。她相信，她的脸色一定苍白极了。雨杭站起身来，转身对文秀说：

"干娘，你快去厨房，让他们给靖萱煮一些清淡的汤来，这些鸡鸭鱼肉全都不适合，太油腻了。她的肠胃空了太久，不能接受油腻，最好是煮一点鲫鱼汤，再蒸一碗蛋来！"

"是！"文秀含着泪应着，看了床上的靖萱一眼。

"干娘，你尽管去做，"雨杭对文秀点了点头，"我会好好地开导她！"他故意提高了声音，"如果她还是不吃，有我在这儿，我会不停地给她打针，决不会让她饿死的！与其打针，还不如吃东西来得好！"靖萱心领神会，故意转头向床里面，噘着嘴不说话。文秀看她的意思已经活络了，心中一喜，飞快地奔出去弄吃的了。雨杭搬了张椅子，坐在靖萱的床前，开始长篇大论地向她说"道理"，他足足地说了半个多小时，当文秀捧着热腾腾的鱼汤来的时候，靖萱显然已经被说服了。也不知道她是真的饿了，还是这种痛苦已经挨不下去了，总之，她喝了那碗汤，使文秀和牧白，都高兴得落下了眼泪。奶奶得到消息后什么话都没说，只是带着香烛，去佛堂里烧香，烧完了，又带着香烛，去祠堂里烧香。

这天晚上，梦寒回到自己房里没有多久，就有人在外面敲门。慈妈走去开门，一见到门外站着的是雨杭，她就忙着要关门。"雨杭少爷，你别进来，有什么话明天当着大家的面说，现在已经晚了，你不要害咱们小姐了……"

雨杭的一只脚已伸了进来，顶着那扇门，他向里面张望，急急地说："梦寒！让我进来！你放心，全家都在靖萱房里，奶奶去了祠堂，正在烧香呢！我们的时间不多，你一定得让我进来，因为我有很重要的话要说！"

梦寒正犹豫着，慈妈太害怕了，干脆把雨杭拉进房里，说：

"别嚷嚷了，你们长话短说，快快地说，我来把风吧！"

慈妈立刻跨出门去，把房门紧紧地阖上了。

雨杭和梦寒两个面面相对了，深深地凝视着对方，带着灵魂深处的渴求与思慕。半响，雨杭哑声说：

"梦寒，你瘦了！"她瞅着他："你也是！"短短的两句对话，道尽了两人的相思。四目纠缠，真情迸放，雨杭一张开手臂，梦寒就忘形地投进他的怀里。雨杭紧紧地搂着她，低低地喊着：

"梦寒，好想你，好想你，想得不知道要把自己怎么办才好！"

她的泪立刻夺眶而出。但是，她的理智也同时涌现。她奋力地推开了他，挣扎地，痛苦地说：

"你瞧，你一回来，我所有的努力又都功亏一篑了！"

"谢谢你的功亏一篑，让我这么感动，这么感激！"他说,从怀里掏出了两张票来,"你瞧,这就是我们的未来!我什么都安排好了!""这是什么?""两张船票!""船票?"梦寒的眼睛睁得大大的。

"七月二十五日,从上海出发,一路开到英国利物浦港口,放心,我没忘了书晴,小孩子不用船票,所以只准备了两张!至于慈妈,我也想好了,假如她愿意跟我们一起走,我马上打电报给江神父,再去买一张票,假若她不愿意出国,咱们就给她一笔钱,让她告老还乡,这事你得跟她马上做个决定!"

梦寒头都晕了,扶着桌子坐了下来,呼吸都急促了。

"梦寒,我时间不多,只能长话短说,江神父知道了我们所有的故事,他觉得不可思议,他说,欧美各国,早就有了妇女运动,根本不会像中国这样,用道德的枷锁来锁住一个女人!而且,也没听说过寡妇就不能再婚的!所以,你和我的恋爱,是正常的,并没有犯罪,更没有过失,你不要再自责而畏缩不前!我马上就会去安排交通工具,大约七月十五日出发,先到杭州,江神父会为咱们主持一个婚礼,然后,连夜送我们去上海,当曾家发现我们跑了,一定会追到杭州去,可是,我们已经去了上海,江神父不说,他们怎么也找不到我们。然后,我们就上船了!到了英国,是一片新天地,再也没有七道牌坊来压我们了!我们在那儿从头开始,建立我们的家园!"他说得又兴奋又激动,她听得又神往又心酸。

"可是,这个家里,正在多事之秋,我们怎能丢下家里的爹娘……还有靖萱,如果没有我们两个来支援靖萱,她一定活不成的!""靖萱的事你不要操心,我一定会解决!"

"怎么解决?""我明天要和干爹摊牌,问他到底是要一个死掉的女儿,还是要一对活着的金童玉女,我看不出来有任何的理由,要拆散靖萱和秋阳!""你怎么这么天真?你还看不出来吗?爹这一生,都被奶奶卡得死死的!他做不了主!不管他心里多么柔软,他注定就是个悲剧人物,因为什么都得听奶奶的!而奶奶,她已经亲口说了,她宁愿要一个死掉的孙女儿,不要一个不贞不洁的孙女儿!""窈窕淑女,君子好逑!这是诗经里都有的话,怎么算是不贞不洁呢?""你要去对奶奶讲道理吗?"

"不管怎样,先讲讲看,讲不通再来想办法!"

"想什么办法?"梦寒盯着他,两眼亮晶晶的,呼吸非常急促,她一把握住了那两张船票,激动地对雨杭说,"雨杭,你是上天派来救他们的人!这两张船票,你就给了他们吧!一切都按照你的安排,只是,走的人不是你我,而是靖萱和秋阳!"

雨杭大吃一惊,身子往后猛然一退,退得那么猛,以至于撞在一张小几上。他睁大眼睛看着她,完全不能相信地说:

"你要我把这两张船票给他们,那么,你和我呢?"

"我不能走,因为我离不开书晴……"

"我不是说得很清楚了吗?我们带书晴一起走!我早就知道你离不开她了!我并没有要拆散你们母女呀!"

"我不能带走书晴,"梦寒悲哀地说,"书晴是曾家最后的一条根了,我不能那么残忍,那么自私!如果靖萱和秋阳的事没有发生,说不定我会听从你的安排,因为曾家好歹还有靖萱!但是,现在,靖萱的个性如此倔强,我看,她只有两条路可走,一条是和秋阳逃跑,一条就是死路了!如果靖萱走了,我和你再带走书晴,曾家就只剩下三个老人了!你要让这三个老人如何活下去呢?雨杭,我爱你,因为你是个如此热情,如此善良,如此有深度、有涵养的人,假若你今天只要我跟你走,把曾家一门老幼,全都置之不顾,我会轻视你的!在我的人生里,除了爱情,还有道义和责任!我真的没有办法!"他瞪着她,呼吸也急促了起来。

"梦寒,"他沙哑地说,"你要我救靖萱,你却要我去死吗?"

"不!"她眼中充泪了,"你不会死,你是个好坚强的男子汉!""不要再拿这些冠冕堂皇的句子往我头上乱扣了!"他生起气来,"我没涵养,没深度,不伟大,不是什么坚强的男子汉,我只是个被你折磨得心力交瘁的病人,我脆弱,我受不了,我禁不起这样的折腾了……如果你不跟我走,我不知道自己会做出什么疯狂的事情来!"

"我……我……如果我跟你走了,靖萱怎么办?"梦寒颤抖地说,"她今天肯吃东西,是因为那么信任你呀!"

雨杭沉思了几秒钟,忽然眼睛一亮。

"算了!豁出去了!我打电报给江神父,再买三张票,靖萱、秋阳、慈妈、书晴统统都去!"

"你说七月十五日就要走,今天已经七月初八了!一共只剩下六天了!"梦寒心乱如麻,烦躁地看着雨杭。

"你到底要我怎么办？梦寒，你不能这样待我，我要你的心是如此强烈……你不可以对全世界都仁慈，独独对我残忍……"雨杭的话没有说完，慈妈再也忍不住，推开门进来了：

"你们两个不能再说了，祠堂的灯火已经灭了，只怕奶奶随时会来……雨杭少爷，你快走吧！"

她急得奔过来，不由分说地就把雨杭往门外推去。

"好了，梦寒，"雨杭回头，带着满脸憔悴的热情说，"我不逼你，还有几天，你好好地想个清楚！我懂了，不解决靖萱的问题，你是没办法想清楚的！我先去解决靖萱的问题再说吧！或者，老天比你仁慈，可怜我这样疲于奔命的奔波，会给我一条生路的！"说完，他仓促地走了。

第二天，大家都聚在餐厅吃早餐，雨杭就选在这个全家在场的时机里，提出了他的看法："奶奶、干爹、干娘，你们必须听我几句话，靖萱的身体已经受到很大的伤害，如果不好好调养，她会弄出大病来的！我想，大家就是观念不同，看法不同，每个人都还是爱靖萱的，并没有人希望她有任何不幸！那么，为什么不成全她和秋阳呢？他们男未婚，女未嫁，彼此情投意合，不是一段人间佳话吗？为什么一定要拆散他们，弄得这样天崩地裂，愁云惨雾的呢？"全家都被他这番话惊呆了，奶奶尤其震动，勃然变色。

"你这说的是什么话？曾家的女孩子，在外面和男人鬼混，私订终身，是我们家的奇耻大辱，我恨不得把那卓家一家子人全都赶出白沙镇，永远不要见到他们，我这样恨之入骨，你居然还要我成全他们！"奶奶气得发抖。

"奶奶，退一步想，那秋阳年轻有为，一表人才，又是北大的高才生，并不辱没靖萱啊！至于私订终身，更不是罪不可赦，自古以来，私订终身而终成眷属的例子实在太多太多了！婚姻自主，已经是欧美行之多年的事，只有咱们中国还这样僵化……"奶奶的筷子"啪"地往桌上一拍。

"你的大道理我不想听！原来你是用这种方式说服靖萱吃东西的！我就说呢，怎么什么人劝都没用，你三两句话她就屈服了！原来如此！我告诉你们，这事门都没有！我决不允许靖萱嫁给卓秋阳，除非，你们让我这个老奶奶先咽了气！我死了，你们要怎么胡作非为，反正我看不见了！"她抬起头来，眼光锐利地紧盯着雨杭，声音冷峻如寒冰，"你不要以为在我家待久了，就可以为曾家做主！我看你浑身上下，就没有一点儿曾家的影子，你非但完全不顾曾家的门风和清誉，你还要处心积虑地去破坏它！你真让我痛心，让我失望呀！"

牧白见奶奶如此生气，急忙插进来阻止雨杭：

"好了好了，你就别说了！靖萱的婚事，奶奶已经做了决定，你就不要再节外生枝了！"

"可是，问题并没有解决呀！"雨杭激动地说，"靖萱心里，爱的是秋阳呀！这样勉强靖萱嫁给顾正峰，就算她屈服了，以后的漫漫长日，你们要她怎么过呢？"

"能过就过，不能过也要过，冰清玉洁的女子，就该有一颗冰清玉洁的心，和冰清玉洁的灵魂！中国多少的女人，就在这种洁身自爱的操守下过去了！相夫教子，勤奋持家，是一个女人的本分！谈情说爱，那是下贱女人的行为！咱们曾家的骄傲，难道要在这一代彻底毁灭吗？你们这些孩子，到底心中还有没有是非善恶的观念？怎可以用'婚姻自由'几个字，就把行为不检、放浪形骸都视为理所当然呢？"奶奶说完，掉头就走了。雨杭气得脸色都发青了，他看了梦寒一眼，梦寒慌忙把眼光转开，脸色也苍白得厉害，奶奶的一番话，已经棒打了好几个人。雨杭又用了三天的时间，去向牧白和文秀做功课，文秀的心早就软了，但是，她丝毫都做不了主。牧白痛苦得简直要死掉，又担心靖萱，又担心雨杭和梦寒，他根本六神无主，惶惶不可终日。对雨杭的话，他只是爱莫能助地听着，一筹莫展。雨杭也去了卓家，看到被相思煎熬得不成人形的秋阳，就如同看到了自己。至于卓家一家子的悲愤，更让人心中充满了酸楚和无奈。距离预定的出发日期，只剩下三天了，雨杭心急如焚，知道自己再也没有时间来耽误了。他只好先做了再说，一方面打电报给江神父，托他再多买三张船票，另一方面就是准备逃亡时的车子。车子很简单，他放弃了熟悉的水路，改走公路，因为曾家在水路上太多眼线了。他雇了一辆大货车，足以装下他们全体的人和简单的行囊。至于行期，他把它延后到二十日出发，以免没有足够的时间来说服梦寒。最后，万事俱备，只剩下两件事毫无把握，一件是不知道江神父能不能顺利地买到三张船票，另一件是不知道梦寒肯不肯走。

这天晚上，梦寒和平常一样，在靖萱房里照料靖萱。靖萱的精神和体力都已恢复得差不多了，每日只是用焦灼的眼神,询问地看着雨杭。雨杭见到靖萱房中就剩下慈妈和绿珠在侍候,立刻给了靖萱一个暗示,靖萱马上叫绿珠去休息了。慈妈也立刻机警地说:

"我还是去门外把风,我知道你们要商量大计!你们把握时间,有话快说!"她看了雨杭一眼,"我反正跟定咱们家小姐了,她怎么决定,我就怎么做!"说完,她就出房守卫去了。

房里只有梦寒、靖萱,和雨杭了。雨杭走到桌子前面坐下,靖萱和梦寒都紧张地坐在他的对面。雨杭看着靖萱,低沉地说:"靖萱,我无法说服奶奶接受秋阳,这个家庭,已经到了有理说不清的地步,所以,你只有一条路可走,离开这个家,和秋阳去另打天下!"靖萱激动地点点头,眼光热烈地看着雨杭。"车子我已经安排好了,路线我也安排好了,我们先到杭州,让江神父为我们主持婚礼,然后,我们直奔上海,坐船去英国。我们最晚的出发日期,是二十日,再晚,就赶不上船期了!""我们?"靖萱迷糊地问,"你陪我们一起去吗?"

"不只我去,还有梦寒、慈妈,和书晴!"雨杭坚定地说道,眼光落在梦寒脸上。梦寒脸色苍白,眼神阴郁,整个人神思恍惚,失魂落魄。靖萱看看雨杭,再看看梦寒,回头又看看雨杭,又看看梦寒……雨杭的眼光,只是直勾勾地停在梦寒脸上,头也不回地说:"靖萱,你想得没错!这个家庭里,并不是只有你在恋爱,我请求梦寒跟我走,已经请求过许多许多次了!直到目前为止,我还没有说动她,所以,你要帮我！要走，咱们就一起走！"靖萱的呼吸急促，这个大发现使她那么激动，脸孔上竟浮现了红晕。她的眼睛闪闪发光，兴奋地看着梦寒和雨杭，恍然大悟地低喊："我真笨呀！居然到现在才明白了！雨杭，怪不得你不要我！""我才笨呀！"雨杭说，"怪不得你不要我！"

靖萱扑了过去，一把就抓住了梦寒的手，热切地说：

"你为什么还要犹豫呢？有雨杭大哥这么好的男人相爱相伴，你不走还要怎样？真要在这曾家大院里活埋一辈子吗？走吧走吧！跟我们一起走！我不管是到英国还是美国，想到可以和自己相爱的人相守，我就恨不得插翅飞去了！你想想看，假如咱们一块儿走了，有你，有雨杭，有书晴，有慈妈，有秋阳，咱们可以组成一个多么亲密和快乐的家庭啊！咱们不会孤独，不会寂寞……在那个陌生的地方，不会有人指指点点，说那一个大小姐跟家里长工的儿子私奔了，说那个大伯和弟妇畸恋了，没人知道贞节牌坊是什么东西，咱们可以自由自在地活着，大大方方地爱着咱们所爱的人，你知道那是怎样的一种滋味吗？我不知道，可我多么多么地向往啊，难道你不向往吗？你不渴望去过一过那样的日子？"

靖萱这样热烈的一大篇话，字字句句，说进梦寒的心坎里。她不自觉地面泛潮红，呼吸也急促了起来，那种向往跟渴盼，燃烧在她整个的脸庞上。雨杭重重地吸了口气，也扑了过来，用掏自肺腑的声音，恳求地说：

"听着，你不是什么罪人，你只是个需要爱，也有权利被爱的女人！给我机会来爱你吧！我保证你不会后悔！你就自私一次，让我们为自己而活吧！我会用我整个的生命，来怜惜你，呵护你，照顾你！"

梦寒看看靖萱，靖萱含着眼泪，对她拼命点头。她再看看雨杭，雨杭用双手紧紧地握住她的双手，握得她的骨头都痛了，心都痛了，他的眼睛，渴求地盯着她，满溢着澎湃的热情。她投降了，猛地深呼吸了一下，她颤抖地，喘息着低喊出声："我投降了！我被你弄得筋疲力尽，再也无法抗拒这样的诱惑了！天涯海角，咱们一起去！"

雨杭握紧她的手，不由自主地将眼睛紧紧一闭，两滴泪，竟夺眶而出，滴在她的手背上，烫痛了她的五脏六腑。

第十三章

接下来的几天,曾家非常平静。

靖萱不再闹脾气了,安静得出奇。当奶奶再向她提到顾家的时候,她也不反对了,只是要求把订婚的时间延后,让她的"伤口"有足够的时间来愈合。奶奶对于她使用"伤口"两个字,颇不以为然,但见她已经屈服了,也就不再逼她了。连日的操心和忧虑,使她精神大大不济,这晚,又受了点凉,就感冒咳嗽起来。雨杭热心地为她开了药,她就卧床休息了。奶奶病恹恹的,牧白和文秀也好不到哪里去。总算靖萱想通了,两老心情一松,这才觉得筋疲力尽。于是,也蜷伏在家里"养伤",对小一辈的行动,实在没有精力来过问了。

于是,雨杭和秋阳安排好了所有的行程。两人几度密谈,把所有可能发生的状况全都想好了,各种应变的方法也都想好了。最后,秋阳开始为家人担忧起来,这样一走,对曾家来说，大概是一场惊天动地的大灾难吧！面对这样的灾难，他们怎会放过卓家的人呢？现在，卓老爹和秋贵就已失业在家，以后还要面对儿子私逃，和曾家必然大举而来的兴师问罪，卓家两老，怎能应付呢？曾家在狂怒之余，会不会对卓家的人进行报复呢？雨杭承认，秋阳的顾虑确实有理。两人思之再三，竟做了一个最大胆的决定。在动身前两小时，把卓家三口全骗上车去，只说雨杭需要他们帮忙做点事。等到了杭州，再给卓老爹和秋贵找工作。有江神父在那儿，要找卖劳力的工作实在不难。结果，这次的"私奔"，到了最后，竟演变成了一次大规模的"集体逃亡"。当梦寒知道整个计划一变再变，居然变成这样的结果时，心里真是不安极了。她私下问靖萱：

"我们这样做对吗？不会太残忍、太无情吗？将来不会良心不安，后悔莫及吗？我们全跑了，留下三个老人，会给他们多大的打击呀！现在奶奶已经卧病，看起来那么衰弱，爹娘又都是老好人，怎么接受这个事实呢？"

靖萱紧张地握住她的手，激动地说：

"此时此刻，你是不能再反悔了！一切都已箭在弦上，不能不发了！咱们并不是铁石心肠，要毁这个家，而是无法在这个家里自由自在地生活，我们是逼不得已呀！如果我们不残忍，就是他们残忍！没办法了！我跟你说，我们并不是抛弃他们三位老人家，而是要证明一些事情给他们看！等他们发现我们两对，确实幸福美好的时候，他们就不会再反对我们了，到那时候，咱们还谁会想待在英国呢？只要他们肯接

受我们的那一天,我们立刻回家,再来弥补今天带给他们的伤害!"梦寒看着靖萱,不能不佩服地说:

"靖萱,你比我勇敢,比我坚强!但愿我能有你的信心就好了!""明晚就要动身了,你可不能再举棋不定,你会让雨杭大哥发疯的!"靖萱着急地说,"如果你不走,我也不走,待在这个家庭里,你的结果我还不能预卜,我自己,是只有死路一条了!""别急别急,"梦寒稳定了一下自己,"已经走到这一步,怎么还能临阵脱逃呢?你说得对!将来,我们还有的是机会来弥补他们三位老人家!我,不再犹豫了!"

七月二十日,深夜十二点整。

一辆大货车悄悄地驶到曾家大院的后门口,停在那儿静静地等候。卓家的人全等在车上,谁都不说话,气氛十分紧张。卓家二老和秋贵,在最后一刻,终于明白雨杭和秋阳在做什么了。心里又是害怕又是震惊,但,想起这些年来,和曾家的恩恩怨怨,以及目前的走投无路,他们也就茫然地接受了这种安排。因为他们早已方寸大乱了,不接受也不知道能怎么办了。曾家大院里,楼影重重,树影憧憧,花影迭迭,人影绰约……是个月黑风高的夜。四周寂寂,除了夜风穿过树梢,发出簌簌瑟瑟的声响以外,什么声音都没有。白沙镇的人习惯早睡,家家户户,都早已熄了灯火。

暗夜里,慈妈背上背着熟睡的书晴,梦寒拿着小包袱,牵着靖萱的手,在雨杭的扶持下,一行人轻悄而迅速地移向了后门口。梦寒手颤脚颤,四肢发软,心脏跳得自己都可以听到。靖萱的手心全是冷汗,脚步颠踬。慈妈更是慌慌张张,不住地回头张望。只有雨杭比较冷静，却被三个紧张的女人，也弄得神魂不定。曾家的后花园实在很大，似乎永远走不完。才穿过一道月洞门，树上"唰"的一声，蹿出一只猫儿来，把四个人全吓得惊跳起来。这一吓，书晴就突然醒了过来，眼睛一睁，但见树影花影，摇摇晃晃，她害怕起来，"哇"的一声，就哭了起来："娘！娘！"她一面哭，一面叫着，"好黑！书晴怕黑！娘！娘……"四个人全都惊慌失措，手忙脚乱。

"怎么醒过来了？"慈妈急忙把她抱到身前，哄着，"书晴不哭！书晴不怕！慈妈和娘都在这儿！"

书晴这样一哭，梦寒的心"咚"的一下，就直往地底沉去，心里飞快地闪过一个念头："天意如此！老天不要我走，因为这是件大错特错的事！"

梦寒急忙把自己手里的包袱往靖萱怀里一塞，用力把靖萱推向后门口。"快走！"她低呼着，"走掉一个是一个！"

雨杭紧紧地拉住了梦寒的手。

"什么走掉一个是一个，你不走，谁也走不掉！"

"哇！哇！哇！"书晴哭得更大声了，"娘！娘！奶奶！爷爷！太奶奶……奶娘……"她要起人来，"你们都在哪儿啊……""书晴别怕！娘在这儿！"梦寒扑过去抱住书晴。

这样一阵乱，已经惊动了曾家的更夫，只见好几个灯笼都点着了，远远地已有老尤的声音传来："老杨，有动静，怕是有贼……"

雨杭拉着梦寒，急忙往后门口奔去：

"咱们快跑！车子就等在后门口！孩子给我，我们冲过去！"他嘴里说着，就不由分说地抢过书晴，抱着书晴就向后门跑。

"不行不行！"梦寒死命拉着他，硬把书晴夺了下来，书晴被两人这样一阵抢夺，更是哇哇大哭。梦寒搂紧了书晴，挣开了雨杭的掌握，急促地说："命中注定，我走不了！雨杭，你快把握时间，把靖萱送走！再耽误下去，全体都会被抓住！你瞧，人都过来了，下人房的灯全都亮了……我和慈妈在这儿挡着大家，你们快走！"

"你省下说话和拖拖拉拉的时间，咱们已经奔到车上了！"雨杭生气地说，"最后关头，你还不快走！"

"来不及了！"慈妈低喊着，"老尤和老杨都来了！雨杭少爷，你快送靖萱小姐走吧！否则，全体都被逮个正着了！"

雨杭看看四面燃起的点点灯火，知道大势已去，恨得想把梦寒杀掉！重重地跺了跺脚，他拉起靖萱的手，就往后门口冲去，嘴里说："没办法了！只得走一个算一个了！"

"嫂嫂！"靖萱兀自回头惊喊，"那我也不走了，改天再大家一起走……""你别再耽误了！"雨杭恨恨地说，拖着她直奔而去，"再不走，所有的心血全都白费了！"他打开后门，和靖萱消失在夜色里。慈妈机警地奔过去，赶紧把开着的后门，迅速地关了起来，刚刚把门闩闩好，老尤和老杨已经提着灯笼，摇摇摆摆地走过来了。"啊？是少奶奶！"老尤惊愕地看着梦寒。

其他的下人也纷纷赶到，诧异地问着：

"什么事？什么事？发生什么了？"

"没事没事！"梦寒竭力维持着镇定，心脏"怦怦怦"地跳着，"书晴不知道怎么搞的，一直睡不着，大概房里太热了，闹得不得了，我就和慈妈带她出来透透气，谁知道一只黑不溜秋的猫蹿出来，就把书晴给吓哭了……惊动了大家，真是不好意思！""原来是这样啊，"老尤松了口气，"我还以为闹小偷呢！没事就好了！"他回头对家丁们说，"去吧去吧！没事没事！"

众家丁听了梦寒的解释，都不疑有他，就纷纷地散去了。老尤还殷勤地提着灯笼，把梦寒送回了房里。

房门一关上，梦寒就苍白着脸，急急地问慈妈：

"他们有没有怀疑什么？我露出破绽了吗？"

"今晚是搪塞过去了，只怕明天大家发现靖萱跑了，再来追究，咱们就不知道该怎么说了。"慈妈看着梦寒，不禁长长一叹，"真是人算不如天算……居然会没走成……我……我带书晴睡觉去！"书晴很快地就睡着了。梦寒在房间里走来走去，手脚依然发软，心里七上八下，不知道靖萱和秋阳，是不是平安起程了？会不会再碰到意外？不知道雨杭对自己的临阵脱逃有多么生气？不知道明天东窗事发以后，曾家会乱成什么样子？不知道奶奶会不会派大批的人去追捕靖萱……就在她坐立不安、神魂不定的时候，忽然门上有轻轻的叩门声，梦寒整个人都惊跳了起来，慈妈已一个箭步过去把门拉开，雨杭紧绷着脸跨了进来。慈妈一句话都没有问，就照老样子溜到门外去把风。"他们上车了吗？走了吗？"梦寒急迫地问,"没再发生意外吧!""走了!"雨杭简短地说,猛地就伸手一把抓住了梦寒,激动地,愤怒地低吼,"你为什么要这样子对我?你不是说天涯海角都跟我走吗?你不是说对我的爱是无怨无悔的吗?"

梦寒张口结舌,热泪盈眶,一句话也说不出来。

"如果你真的心口如一,你不会突然停下来,绝对不会!哪怕书晴的哭叫声可以惊天动地,你脚下也不会停,你会跑得更急,更拼命,为了挽救一个希望,一个咱们梦寐以求的希望啊!"梦寒在他这巨大的愤怒和绝望下,无路可退,无处可逃,只能被动地看着他,心里已然翻江倒海般地涌起了后悔。

"你停下来,你整个退缩了,即使我就在你身边,也无法让你勇敢,你究竟在怀疑什么?我对你不够真诚?爱你爱得不够深?到底还要我怎样做,怎样证明呢?把心肝都挖出来吗?"

梦寒受不了了,崩溃地扑进雨杭怀里,用尽自己浑身的力气,紧紧地拥着他,哭着低喊:"不要不要,我知道我辜负了你,对不起你,让你又伤心又失望,你计划了好几个月,我在刹那间就全给破坏了!可是……我真的不是蓄意要这么做的,求求你不要误会我,不要这么生气!"

梦寒说得泣不成声,雨杭的心绞痛了起来,他一把紧拥着她,闭着眼睛不住地咽气,痛楚至极地说:"我不只生气,我还恨得要命,我真恨我自己不够好,所以不能让你义无反顾,勇往直前!"

"不是的！不是的！"她凄苦地喊着，"是我自己太矛盾……我有太强烈的犯罪感，因为我和靖萱不同，他们两个，毕竟男未婚，女未嫁，我相信长辈们终有一天会原谅她！可我不是，我这样一走，是不守妇道，红杏出墙，不但辱没门风，还毁掉了你和这个家庭的情深义重，至于带走书晴，更是摧毁了长辈们最后的希望和慰藉……你瞧，我一想到我会给曾家留下这么多的惨痛，几乎是彻底的毁灭，你叫我怎么义无反顾，勇往直前呢？坦白说，今天我是铁了心，要跟你走的！我拼命压抑着自己，不让自己退缩，不让自己反悔，可是……当书晴突然醒来，放声大哭的时候，我的直觉竟是，天意如此！老天不让我走，因为那是错误的……所以我……临阵退缩了！"雨杭不再激动，整个人陷进一种绝望的情绪里。

"如果我再安排一次，你也会这样是不是？你也会临阵退缩，是不是？""我不知道，我真的不知道……"

"你怎么可以不知道？那你要我怎么办？我们要怎么办？就在曾家这重重的锁、重重的门、重重的牌坊下挣扎一辈子吗？"梦寒答不出来，泪水已爬了满脸。

慈妈不知何时，已悄悄进来了，这时忍不住插嘴说：

"我说……现在不是你们该怎么办的问题，该伤脑筋的，是明天要怎么办？当大伙儿发现靖萱跑了，咱们要怎么说？"

两个人抬起头来望着慈妈，被慈妈的一句话拉回到现实。

"你们的事，来日方长，可以慢慢地再来计划，但是，明天转眼即到，我心里直发慌，难道你们不慌吗？"

雨杭用力一甩头，长叹一声：

"我这么失望，这么痛心，我几乎已经没有力气，来想明天的事！总之，咬紧牙关，三缄其口，不管他们问什么，就说不知道！""可我……还是怕呀！"慈妈说，"咱们已经被老尤他们撞见，不知道老尤会怎么说？奶奶不起疑才怪！"

"你们对老尤怎么说的呢？"雨杭开始担心了。

"说是书晴睡不着，带她出去透透气，结果又被野猫给吓哭了！""就这么说，明天一早，要和书晴说好，如果奶奶问起来，她的说法要一致！反正咱们要矢口否认，一个字也不可以泄露！只要我们死不承认，奶奶他们即使怀疑，也无可奈何！熬过了二十五号那一天，他们就上了船，谁都没办法了！"

"对！也只能这样了！"慈妈点点头。

雨杭再看看两眼红肿、神情憔悴的梦寒，心中蓦然一抽，抽得好痛好痛。除了叹气，他实在不知道还能拿她怎么办，他就又叹了口长气，说："好了，咱们都该去睡一睡，才有精神应付明天！"

他转身走了，脚步和身影，都无比地沉重。

曾家直到第二天的中午，才发现靖萱失踪了。早上，因为奶奶没有起床吃早餐，牧白和文秀就贪睡，大家就在自己房里，各吃各的。所以，直到吃午餐时，绿珠才气急败坏地跑来说，整个早上都没见着靖萱，问其他的人看见了没有？奶奶一听，疑云顿起，跳起来就说：

"我去她房里看看去！"

于是，所有的人，都跟着奶奶去了靖萱房里。房里干干净净，整整齐齐，奶奶四面一看，心脏就往地底沉去。

"张嫂、俞妈、绿珠，你们给我打开她所有的柜子抽屉，看看有没有少什么东西？有没有留下信笺纸条什么的！"

下人们立刻动手，只一会儿工夫，绿珠已白着脸说：

"她的贴身衣物，少了好多，还有她的钗环首饰，也都不见了！"奶奶的拐杖，"咚"的一声，往地上重重地一跺。

"立刻给我到卓家去，把他们每一个人都给我抓来！雨杭，赶快组织一个搜寻队伍，他们跑不远的，不管他们去了哪儿，我非把他们捉回来不可！"

全家这一乱，真非同小可，当大家确定靖萱是跑掉了之后，文秀就不顾奶奶的暴怒，放声痛哭起来了。她不相信靖萱能这么狠心，不相信她不要爹娘，更不相信她会抛弃了这个家……哭着哭着，难免又想起死去的几个孩子，更是哭得惨烈。奶奶一滴眼泪也没掉，只是气得脸色发青。当牧白和雨杭回来说，卓家全家都不见了的时候，奶奶才崩溃地倒进了椅子里。这样强大的一记闷棍，打得曾家三个长辈完全失去了招架之力，平日精明能干的奶奶，此时躺在椅子里，不住地猛咳，本来就在感冒，似乎突然严重了好多倍。雨杭赶快帮她量体温，果然，发烧到三十九度。雨杭立刻给她开药，她"唰"的一声，把药瓶挥打到地上，药片滚得一地都是。奶奶高高地昂起头来，大睁着她布满血丝的眼睛，她一面喘着气，一面沙哑地吼着："给我去找！发动所有的工人、家丁、店员……能发动多少人，就发动多少人，发动不了，就去给我雇人,多少钱我都不在乎!他们这样男男女女,老老少少的,目标很大,不可能找不到!"奶奶的拐杖,重重地跺着地,发出急促的"笃笃"声响,"可恶极了!居然敢这样明目张胆地,全家出动来拐走靖萱,简直是丧心病狂!我不找回他们,誓不罢休!去!牧白、雨杭,别给我站在这儿发愣!去!去码头问所有的船,去每条公路打听,去给我翻遍安徽的每一寸土地,不把他们逮回来,我这个老太婆也不要活了!"

奶奶如此激烈,使梦寒胆战心惊,情不自禁地,她看了雨杭一眼,雨杭飞快地递给她一个安抚的眼神,就和牧白匆匆地出门去了。到了晚上,各路人马纷纷回来,所有的搜寻都是白费,一无所获。奶奶不可置信地说:

"怎么可能找不到?难道他们几个会飞天遁地不成?"

"奶奶!"雨杭强作镇定地说,"这白沙镇四通八达,水路有水路,旱路有旱路,最麻烦的是,还有山路!如果他们存心躲在人迹罕至的地方,上了哪座山的话,那就怎样都找不到的!咱们安徽山又特别多,不说别的,那著名的黄山,就不知道有多大!""上山?"奶奶一怔,"不会吧!那秋阳念了一肚子的书,跑到山里去干什么?他不是很有才气吗?不是想扬眉吐气给我看吗?他这种人,才不会把自己埋没在深山里!我不信!他们会去大地方,大城市……对了!马上派人去北京!一定在北京!那卓秋阳不是在北大念书吗?他一定处心积虑了好多年,今天的行动,大概早就有预谋了!明儿一早,就给我派人去北京!"雨杭暗暗地抽了口冷气,这曾家的老奶奶,实在不是等闲人物!幸好他们没去北京。

夜深了,怎样都无法再找了。大家筋疲力尽地回房休息,奶奶也吼不动了,叫不动了。吃了退烧药,昏昏沉沉地睡去了。第二天,又是一天疲于奔命的搜寻。牧白也派了几个得力的伙计,立刻动身去了北京。但是,大家都知道,找寻得到的希望十分渺茫。即使知道他们藏在北京,可北京那么大,哪儿去找这几个人?何况,时间一分一秒地过去,这两个人想必生米已煮成熟饭,就算找到了,又要把他们怎么办?牧白见雨杭找得十分不起劲,心里也明白他宁可找不到。不禁后悔当初没有听雨杭的,干脆让他们成了亲,不是免得今日的伤心和奔波吗?人的悲哀,就在于永远不能预知未来。他忽然就觉得自己老了十岁。看着雨杭的眼光,竟总是带着点哀求的意味;千万千万,不能再逃掉一对呀!他心里的沉沉重担,几乎压得他透不过气来了。

第二天晚上,老尤再也熬不住,去了奶奶的房间,禀告了靖萱失踪那晚的大事,梦寒和慈妈带着书晴都在花园里!

奶奶这一惊非同小可,思前想后,不禁暴怒如狂。她直接就冲进了梦寒的房里,拐杖一跺,厉声地问:

"你说!靖萱是不是你给放走的?啊?"

梦寒脸色大变,脱口惊呼着:

"没有!没有啊!我……我怎么会放走靖萱?这话从何说起?""慈妈!"奶奶大喊着,"你给我滚过来!"

慈妈面无人色,浑身簌簌发抖。

"说!"奶奶怒瞪着慈妈,"前天晚上,你和梦寒带着书晴在花园里做什么？掩护靖萱逃走，是吗？给她开门关门，是吗？别说不是！你们已经跳进黄河也洗不清了！"

"老太太……不……不是啊……"慈妈抖得言语都不清了，"咱们是……是出去散步……散步……"

"散步！"奶奶吼得好大声，"你把我当三岁小孩吗？"她用拐杖一指梦寒，"你给我从实招来，他们去了什么地方？我现在都明白了，她会停止绝食，就是你在给她出主意，你放走了她！你这个吃里爬外的下贱女人！咱们家就败在你手上，毁在你手上！当初若不是你冷若冰霜，靖南不会死于非命，今天若不是你穿针引线，靖萱不会和人私奔！你这个心术不正的妖孽！"梦寒听着这样的指责，真是又惊又痛又委屈，她激动地叫了起来："不……您怎能把我说得如此不堪啊！"

"别在我面前喊冤，你的心术正不正，咱们彼此心里都有数！""就算我再怎么心术不正，我也没有出卖这个家，没有对不起任何人！"梦寒凄楚至极地喊着，"我宁可自己受凌迟之苦，被千刀万剐也认了，天知道我是怎样的一片心！"

奶奶冲了过来，抓着她的肩膀一阵乱摇：

"你少装模作样了！我现在没有时间来跟你细细地算，什么叫凌迟之苦，千刀万剐！这个家让你衣食无缺地做少奶奶，给你的感觉竟是这样八个字！你这女人有一颗怎样的心，天知地知，不言而喻了！我慢慢再跟你算这个，现在，你先给我说！你把靖萱弄到什么地方去了！说！"

"我不知道啊！"梦寒咬紧牙关喊，"我真的真的不知道啊！不是我放走的，不是不是啊……"

"你故意不招,你故意要气死我!"

奶奶用力一推,梦寒站立不稳,跌了出去,脚下一绊,绊倒了椅子,她就连人带椅子一齐摔落于地。此时,雨杭、牧白、文秀,连书晴和奶妈都奔了过来。慈妈已经发疯般地在狂叫着:"救命啊!救命啊!奶奶要打我们小姐啊……"

奶奶本无意对梦寒动手,却被慈妈这一喊,喊得心头火起,当下就高高地举起拐杖,用拐杖头对着梦寒的背,狠狠地砸了下去。顿时间,有个声音疯狂般地大吼着:

"不可以!"这声"不可以"叫得真是肝胆俱裂,同时,声到人到,雨杭已飞扑过来,整个身子扑在梦寒身上。龙头拐就重重地砸在他的背脊上,发出"砰"的一声巨响,这一拐杖正好打在脊椎骨的下方,尾椎骨上面。雨杭顿时痛彻心扉,不禁脱口大叫:

"哎哟……"

奶奶骇然退步,拐杖掉落在地上,她惊怔地看着地上的雨杭和梦寒,如此地舍身相护,忘形一扑,使奶奶在刹那间有所知觉。但,更让她惊惧的,是这一棍如此沉重,不知道有没有伤到雨杭?打在梦寒身上她不会心痛,打在雨杭身上,她却惊慌失措了。她颤巍巍地走上前去,本能地就向雨杭伸出手,想要去扶他,嘴里喃喃地说着:

"雨杭……我……我……"

她的手才刚碰到他的头,他就怫然地一把拨开奶奶的手,愤愤地嚷:"别碰我!"奶奶一震,接触到雨杭愤怒如狂的眼神,这眼神像两支利箭,直刺向奶奶的心坎。奶奶竟身不由己地退了一步。雨杭死死地盯着奶奶，颤声地问：

"你知不知道这拐杖是可以打死人的？你知不知道它有多重？今天是我挡住了，如果打在梦寒身上，她瘦骨伶仃的一个女子，怎么承受得住？这是脊椎骨，打断脊椎骨会造成终身残疾，你知道吗？为什么要下这样的重手？难道曾家不是仁义之家，而是暴力之家吗？"

奶奶何曾受过这样的抢白，气得脸都绿了，恼羞成怒地一瞪眼："你……你这样子吼我，简直是反了！我教训我的孙媳妇，关你什么事？我这也不是头一回拿拐杖打人，谁又叫我给打残废了？梦寒行为不端，放走靖萱，我就要打！打出她的实话来！不要你管！你给我让开！"

"我就是管定了！"雨杭一边吼着，一边夺下拐杖，在众人的惊呼声中，迅速地冲到门口，把拐杖像掷长矛似的掷了出去。奶奶惊得目瞪口呆，牧白已冲上前去，抓住雨杭的手，急急地喊："你疯了吗？怎么可以这样对奶奶？"

梦寒的眼泪滴滴答答地往下直掉，跪爬过去，急切地痛喊着："雨杭！求求你不要再冒犯奶奶了！奶奶生气，让她打两下就是了！求求你别搅和进来吧……"

奶奶看着梦寒，再看看雨杭，又痛心又愤怒又怀疑地说：

"你这样护着她？难道放走靖萱，也有你的份？"她的眼神凌厉，声音尖锐，"我懂了！你们两个，一个负责靖萱，一个负责秋阳，里应外合，演了这样一出戏，对不对？是不是你们两个人联合起来做的？说！好，不说是吧！来人呀！给我把梦寒关进祠堂里去！"

"扑通"一声,牧白对着奶奶直挺挺地跪下了:"娘!"他痛楚地喊着,"事情没有弄得很清楚,千万别屈打成招呀!现在,家里已经乱成一团,孩子们走的走了,死的死了,请您千万息怒,别把仅有的也逼走了!"

奶奶听牧白这样一说,心都绞痛了。此时,才四岁大的小书晴,也奔了过来,学着牧白的样子,对奶奶"扑通"一跪,哭着喊:"太奶奶!不要打我的娘!不要关我的娘!"

奶奶看着跪在自己面前的两个人,憔悴的牧白,小小的书晴,心里一酸,想到自己从二十岁守寡,守到今天,守得家破人亡!几十年的悲痛都涌上心头,泪水,竟也夺眶而出了。她吸了吸鼻子,沙哑地说:"罢了,罢了……"她回过身子,文秀早已拾回了她的拐杖,过去搀扶着她回房去。她握住拐杖,双手簌簌地抖个不停。扶着文秀,拖着拐杖,她颤巍巍地,脚步颠簸地,蹒跚地走了。

这边,奶奶和文秀的身影刚刚消失,牧白和梦寒就同时扑向了雨杭:"你被打伤了吗?要不要请大夫……"牧白问。

"你怎么要这样扑过来?万一打到头上怎么办?"梦寒问。

牧白和梦寒同时问了出来,立刻不由自主地彼此对看了一眼。梦寒为自己的忘情一惊,牧白却为梦寒的忘情也是一惊。雨杭吃力地站了起来,深深地看了梦寒一眼,未能走成的沮丧依旧烧灼着他,他憋着气说:

"背上不痛,痛在这里!"他一拳捶在胸口上,掉头就走了。梦寒一震,心中紧紧地抽痛了。她走过去,把小书晴紧揽在怀里,似乎唯有用这小小的身子,才能压住自己那澎湃的感情。牧白再看了她一眼,忽然间,他感到无比的恐惧和无比的忧愁。那种隐忧,比靖萱的出走,更加撕痛了他的心。

第十四章

一连好几天，曾家就在忙忙乱乱中度过了。所有的家丁、仆人，都依旧在各条大街小巷、码头车站，找寻靖萱和秋阳，也依旧是踪影全无。奶奶到了这个时候，仍然要维持曾家的体面，不愿闹得尽人皆知。但是，下人们这样大规模地找人，消息总有一些儿走漏，街头巷尾，茶楼酒肆，已有人在窃窃私语，谈着曾家的艳闻，七道牌坊竟锁不住一颗跃动的春心！曾家当初逼死了一个卓秋桐，天理回圈，一报还一报！毕竟赔上了自家的黄花大闺女！卓家和曾家的冤孽牵缠，让人惊叹！牧白听到这些闲言闲语，心里真是难过极了。又怕惊动了曾氏家族，那就会引起族长出来追究。在白沙镇，"曾"是个大姓，仍然有自己的族长和自己的法律。曾氏族长九太爷德高望重，一言九鼎。对所有曾家的纠纷，审判严厉。所以，牧白一方面要塞悠悠之口，一方面还要瞒住奶奶，只得叫下人们闭紧嘴巴，心里真是痛苦极了。但，奶奶是何等厉害的角色，早就从张嫂、俞妈那儿听到了不少，奶奶忍着憋着，心里的积怨是越来越深，越来越重。

这天，已经是七月二十八日了。雨杭皱紧的眉头渐渐地松开了，梦寒似乎也搁下了心中重担。餐桌上见面时，两人常会交换一个短暂的眼光，这眼光使牧白的隐忧加重，使奶奶的情绪绷得紧紧的，心头的疑云和怒火，都一触即发。

这天下午，老尤拿着一封刚收到的电报要送到雨杭房里去。这封电报被牧白截了下来，打开一看，上面像打哑谜似的写着："二十二结二十五行均安"。

牧白见了这几个字，心中的怀疑全都证实了，他握着电报，直冲进雨杭的房里，把电报重重地往桌上一拍，问：

"这是什么意思？你告诉我！"

雨杭拿起电报看了看，整个神色立刻松弛了。他抬眼看着牧白，唇边竟浮起了一个微笑。他吐出一口长长的气，真挚而坦白地说了："这是江神父打来报平安的电报！干爹，请原谅，我不忍心看到他们两个为情煎熬，又无法说服你们成全他们，所以，只好铤而走险了！这一切都是我做的，我安排的，与梦寒毫无关系，你们别再冤枉梦寒了！这封电报是说，秋阳和靖萱已经在二十二日那天，行了婚礼，成了夫妻了！二十五日那天，他们上了一条船，如今船在海上已经走了三天了！他们离开中国，到英国去了！所以，大家也不要再徒劳无功地找寻了！好了，我现在心里的一块石头总算落了地，我这就去找奶奶坦白一切，任凭奶奶处置，以免梦寒背黑锅！"

他说着，往门口就走，牧白伸手，一把抓住雨杭，大吼着："你给我回来！不许去！"他把雨杭摔进椅子里，盯着他问，"你计划这一切，梦寒也参加了，对不对？所以，梦寒那天夜里，在花园里面！你们确实像奶奶所分析的，是一个里应，一个外合，是不是？"

"不是不是！"雨杭连忙说，"梦寒会在花园里，完全是个巧合……""巧合？"牧白吼了起来，"到了这个时候，你还要糊弄我？咱们父子一场，你居然这样欺骗我？你不要再撒谎了，你给我实话实说，梦寒在这场戏里，扮演的是什么角色？"

雨杭豁出去了："干爹，你别再吼我了！你问我梦寒在这场戏里扮演什么角色，简直就是拿刀子在剐我的心！我对梦寒的心事，你最清楚，眼看着我们痛苦挣扎，你一点也不施以援手……你要实话，我告诉你实话，船票是我为梦寒和我买的，婚礼也是为我们两个准备的，谁知我回到家里，竟杀出一件靖萱的事来，逼到最后，大家决定集体逃亡……所以，二十日的晚间，要走的不只靖萱，还有我、梦寒、慈妈和书晴！如果不是书晴突然惊醒大哭，使梦寒在刹那间失去了勇气，现在，我们已经全体在那条驶往英国的船上了！"

牧白脚下一个踉跄，差点摔倒。他跌坐在一张椅子里，嘴里喃喃地叫着："天啊，天啊，天啊，天啊……"

就在此时，房门"豁啦"一声被冲开了，奶奶脸色惨白地站在房门口。"好极了，"奶奶重重地喘着气，眼光死死地盯着雨杭，声音冷如冰，利如刀，"总算让我知道事实真相了!"

"娘!"牧白惊喊,从椅子里又直跳了起来,"您……您都听到了?""看到你拿着电报鬼鬼祟祟地进来,我就知道不简单!幸好我过来听一听!原来,咱们家养了一个贼!"她的声音陡地尖锐了起来,发指眦裂地用手颤抖地指着雨杭,凄厉至极地怒骂着:"你……好一个干儿子啊!罔顾伦常,勾引弟妇,还教唆妹妹同流合污,勾结外人来颠覆这个家,把历代承传的美德荣誉全毁于一旦,你的所作所为,等于是鞭祖宗的尸,活生生地凌迟咱们!我……我……我找不出字眼来形容你,你不是人!你是魔鬼投的胎,你是魔鬼化的身!"她回头急喊,"文秀!你带张嫂和俞妈,给我把梦寒抓到大厅里去,我今天要清理门户!"梦寒被押进了大厅,还没站稳脚跟,奶奶已对着她一耳光抽了过来,"无耻贱人!你水性杨花,吃里爬外,下作到了极点!身为曾家的寡妇,你勾引男人,红杏出墙!败坏门风……叫靖南在地下怎么咽这口气?"她"啪"的一声,又是一耳光抽过去,梦寒被打得摔落于地。雨杭又飞扑了过来,大吼着:

"别打她!别打她!"他怒瞪着奶奶,"你要打人,尽管冲着我来,不要动不动就拿一个不敢反抗你,也不能反抗你的弱女子来出气!""老尤、老杨、大昌、大盛……"奶奶怒喊,"给我抓牢了他,不许他过来!这样忘形,成何体统?"她抬眼怒看雨杭:"梦寒好歹是我们曾家的媳妇,你给我收敛一点,否则,我保证你会后悔!"老尤、老杨等人,已经扑过去,抓住了雨杭,雨杭奋力挣扎,大昌、大盛抱腰的抱腰,抱腿的抱腿，他根本动弹不得。于是，他大声地，激动地喊着：

"梦寒会弄到今天的地步，在这儿受尽苛责辱骂，百口莫辩，就因为她太善良太柔软了！就因为她有太强的责任心，太重的道德包袱，就因为她舍不得你们，狠不下心肠，我们才没有在二十日晚上，和靖萱一起远去！否则，我们早就和靖萱一样，远走高飞了！如果那样，你们还能找谁来算账！所以，我求求你们，诚心诚意地求求你们，正视她的悲哀，她的苦楚，别让道德礼教遮住你们的眼睛，封闭了你们的心灵！梦寒只是个可怜的女人，她没有罪，她无法控制她生命中的每一件事！结婚，守寡……一切都身不由己，连她生命里最大的灾难，我的存在，也是她无法逃避的事！如果真要追究谁有错，就是命运错了，老天错了！我和梦寒，真心相爱，我愿意用我整个生命，来给她幸福和快乐……她是你们曾家的媳妇，总算和大家都有缘，为什么你们不愿再给她一次机会？而要把她给活埋了呢？"雨杭喊得声嘶力竭，一屋子的人听得目瞪口呆。奶奶听了这样的话，更加怒不可遏，厉声地喊：

"满口胡言！梦寒生是曾家的人，死是曾家的鬼！没有别的路子可走！不要以为守寡是多么不堪和残忍的事，曾家历代的祖宗，都把它视为一种基本的操守，就是奶奶我，也是这样活过来的！为什么独独到了你这儿，就变成不人道，变成活埋了？因为你放荡，你下流！现在你活着要玷辱曾家，那么，你只好死去，来保存名节！"

梦寒浑身一凛，雨杭大惊失色，牧白也脸色惨白了。

"娘！"牧白激烈地说，"不可以！绝对不可以！咱们家里的悲剧已经够多了，生离死别的痛楚，也经历得太多了！再也不要去制造悲剧了！""这悲剧不是我制造的，是他们两个制造的！"奶奶痛喊着，"梦寒拜过贞节牌坊才嫁进曾家，如今，却让曾家蒙羞！这样的女人，即使我不要她死，她还有脸活下去吗？"

梦寒再也听不下去了，从地上爬了起来，风一般地往门外冲去，嘴里大叫着："你们一定要我去死，我这就去自行了断！"

"梦寒……"雨杭狂喊，势同拼命地用力一挣，竟把家丁们都挣开了，他没命地冲了过去，一把抓住了梦寒，摇着她的胳臂，声泪俱下地说，"你要去自行了断？你怎么可以对我这么狠心，这么残忍？你已经做了一次大错特错的决定，就是没有跟我走，现在你还不为我坚强，不为自己争到最后一口气？你居然被几句话就打倒了？就要去了结自己？那你要我怎么办？你明知道，你的生命和我的生命已融为一体！你要了断的，不是你一个人！而是我们两个人！"

梦寒瞅着他，真是肝肠寸断，泪落如雨。

牧白"扑通"一声，又在奶奶面前跪下了：

"娘！虎毒不食子呀！你逼死梦寒，只怕也逼死了雨杭！咱们曾家，只剩下他这一个儿子了！您千万不能铸成大错，把自己的嫡亲孙子，逼上死路！"

此话一出，满屋子的人都震惊不已，文秀尤其震撼，整个人都呆住了。奶奶瞪着牧白，气得浑身发抖，终于爆炸般地吼了出来：

"你又要搬出那套来混乱我！我就是被你那个荒谬绝顶的故事给害了，否则我早在发现他们有暧昧之嫌的时候，当机立断地撵走了雨杭，不会给他们任何苟延残喘的机会，那也不至于养虎为患，弄到今天这种地步！今天咱们家要是家破人亡，全都是你给害的，因为你那个该死的故事，抓住了我的弱点，叫我信以为真，什么雨杭是你的私生子！见鬼的私生子！他是魔鬼之子！我再也不会相信这套谎言了！"

"不不！"牧白急切地喊着，"他真的是我的儿子，是我嫡嫡亲的儿子啊！是我的亲骨肉啊！"

"干爹！"雨杭痛苦地叫着，"你那个时候为了替我解入赘之围，瞎编胡诌一番话，我也不计较那么多，可你现在不必为了救我而故技重施，我不想为了保命而丧失人格，何况私生子也不是什么光彩的事！今天我已经看透了这个家的真面目，管他什么真儿子、私生子、干儿子，我都不屑为之！"

"你听听看！你听听看！"奶奶气极地看了一眼雨杭，再掉头看着牧白，"这样一身反骨的坏坯子，你……你还要说他是你的亲骨肉，打死我我也不信！"

"你们究竟在说些什么？"文秀听得糊里糊涂，再也忍不住地插进嘴来，"什么私生子？什么亲骨肉？什么真的假的？为什么没有人告诉过我？"

"因为它是一个天大的假话！"奶奶怒气冲冲地说，"没有人会去相信的鬼话！永远没有证据的瞎扯……根本不值得去告诉你!""它是真的,是真的啊!"牧白一急,眼中充泪了。他抓住奶奶的手摇了摇,又去抓雨杭的手:"我有证据!我有证据!雨杭,请你原谅我,你实在是我嫡嫡亲的亲生骨肉啊……"他回头对着惊愕的众人喊,"你们等我,我去把证据拿来,那是我心中藏了三十几年的秘密,我这就去拿……马上就拿来了,你们等着,等着啊……"他掉头跟跟跄跄地,跌跌撞撞地跑走了。一屋子的人全傻住了。

梦寒也被这样的变化惊呆了,愣愣地看着雨杭,她终于明白了。怪不得牧白对雨杭,是如此重视,如此疼爱,原来如此!奶奶直觉地感到,有一个大的秘密要拆穿了,即使是在激动与纷乱之中,她仍然屏退了所有的闲杂人等。大厅里留下了奶奶、雨杭、文秀和梦寒。

牧白手捧着两本陈旧的册子,匆匆地跑进来了。他打开其中一本,送到奶奶面前,又打开另一本,送到雨杭面前。他就站在雨杭身边,急切地翻着那本册子,口中不停地说着:

"雨杭!这是你娘的亲笔日记,从我们如何认识到如何定情,到你的出世,她都写得清清楚楚。她是个好有才气的奇女子,是我负了她,使她心碎而死!这段往事,是我心中最深刻的痛!使我三十二年来,全在悔恨中度着日子!现在你明白了吗?你的娘名叫柳吟翠!个性刚烈,当你出生满月的时候,你娘要我为了你,正式娶她,我因家世悬殊,且已和文秀定亲,所以不曾答应,你娘一怒之下,在一个大风雨之夜,抱着你飞奔而去,从此和我天人永隔!原来,她把你放在圣母院门口,自己就去投湖自尽……我后来用了十五年的工夫，才在圣母院把你重新寻获。因为江神父再三警告，说如果我说出了真相，你会恨我，会远离我而去，使我没有勇气相认……现在，事情已逼到最后关头，我不得不说了。你瞧……你瞧……"他抖着手去翻找着："你看这一页！"他找到了那关键性的一页，"在这儿！"

奶奶、文秀、梦寒，都情不自禁地伸头来看。只见那一页上面，有非常娟秀的字迹，写着八个隶书字：

情定雨杭，地久天长！

"你娘的字，写得非常好，尤其是隶书，写得最漂亮。我和你娘认识的时候，正是杭州的雨季，所以，她写了这八个字，我后来用她的字，去打造了一块金牌，雨杭，就是你脖子上戴的那一块！你拿出来对对笔迹，你就知道，我今天所说，没有一句虚言了！"雨杭瞪着那本册子，瞪着那八个字，他拉出了自己的金牌，匆匆地看了一眼，不用再核对了，他什么都明白了！这个突发的状况，和突然揭露的事实，使他完全混乱了，使他所有的思绪都被搅得乱七八糟。他把那本册子紧紧地拥在胸口，不知是悲切还是安慰，只觉得整个人都变得好空洞，好虚无。怎么会这样呢？他抬头昏乱地看了牧白一眼，喉咙紧促地说："不不不！我不能接受这个事实，我不要相信这件事！"

"不要排斥我！雨杭，雨杭……"牧白迫切地抓着他的手，"这一回，我不让你再逃避，我自己也不再逃避了！我要大声地说出来，喊出来，你是我的儿子，是我最宠爱的、最引以为傲的孩子呀！"文秀激灵灵地打了个冷战，猛地一抬头，目光幽冷地盯着牧白。牧白全心都在雨杭身上，对这样的眼光，是完全没有感觉的。"雨杭……"奶奶走了过来，她的手中，捧着另一本册子。此时此刻，她是真正地、完全地相信了。从来没有一个时刻，她对雨杭的声音充满了这么深切的感情，刚刚才把他骂成"魔鬼"的事，奶奶已不想记忆，只想赶快抓住这风雨飘摇的一条根："原来你是咱们曾家的骨肉，这些年来，是奶奶委屈你了，如今真相大白，让咱们重新来过……"

"不！"雨杭大喊出声了，"我不要这样！这太不公平了！我永远不要承认这件事！"他目光狂乱地盯着牧白，"早在当初你找到我的时候，你就该做今天的事！把真相一五一十地告诉我，让我知道自己从何而来，为什么沦为孤儿。然后让我自己决定怎样看待你！可你却隐瞒一切，以恩人的姿态，骗取我的信任跟尊敬，然后一路操纵我，使我挣扎在恩深义重的情绪下，动辄得咎……使我在孤儿的自卑和义子的感恩之间混淆不清，在寄人篱下的委屈和饮水思源的冲突中不断地挣扎，周而复始地在维持自尊与放弃自尊之间矛盾不堪……我在曾家这许多年，你弥补了什么？你给了我更多更多的折磨和伤痛啊……""我知道，我知道……"牧白急促地接道，"我也一样啊！每天在告诉你真相或不告诉你之间挣扎，我也挣扎得遍体鳞伤、头破血流啊！雨杭，你不要生气，你想想看，这些年来，我试探过你多少次，明示暗示，旁敲侧击，可你哪一次给过我和平的答复？你对你的生父生母，总是充满怨恨，听得我胆战心惊、七上八下，你说，我怎么敢冒险认你呀！我最怕最怕的事，就是失去你啊……"

"可是你现在就能保住我吗？你怎么有把握能保住我？你居然敢告诉我，你把我那可怜的母亲逼上绝路！你害我做了这么多年的孤儿！你和我娘，有'情定雨杭，地久天长'的誓言，毕竟敌不过你的门第观念，这种无情，原来是你们曾家的祖传……""孩子啊！"牧白伤痛已极地打断了他，"你的怨，你的恨，我都了解，我不渴望你一下子就能谅解我，走到这一步，我已经无所保留了！我对不起你娘，也对不起你，亏欠你之深，更是无从弥补……如果我能付出什么，来让你心里好过一点，来终止这个家庭的悲剧，哪怕是要我付出性命，我也在所不惜啊……"雨杭遽然抬头，眼光灼灼然紧盯着牧白，激动地冲口而出："成全我和梦寒！"这句话一说出口，梦寒一凛，奶奶一凛，牧白一凛，文秀也一凛。室内有片刻死样的沉寂，然后，牧白一下子就冲到奶奶面前，不顾一切地喊了出来：

"娘！咱们就成全他们吧！咱们放他们走，让他们连夜离开白沙镇，让江神父去给他们行婚礼……婚礼一旦完成，就什么人都不能讲话了！""不！"忽然间，一个惨烈的声音，凄厉地响了起来，竟是文秀，她听到此时，再也忍不住，整个人都崩溃了，她哭着冲向牧白，痛不欲生地喊着，"我现在才明白了，你是这样一个伪君子！这么多年来，你把你所有的父爱，都给了雨杭！你使靖南郁郁不得志，这才死于非命！为了你这个私生子,你牺牲了你的亲生子,现在,你还要夺走靖南的妻子,去成全你的雨杭?你让靖南在地下如何瞑目?你让我这个做娘的,如何自处……"牧白睁大眼睛,似乎此时才发现房里还有一个文秀,他烦躁地说:"你不要再搅和进来了,现在已经够乱了,靖南我们已经抓不住了,留不住了,再多的悔恨,也没有用了!但是,雨杭和梦寒,却是活生生的,让我们停止一天到晚都为死者设想,改为生者设想吧!"他再掉头看奶奶,"娘!那七道牌坊的沉沉重担,我们也一起挣脱了吧!"

奶奶眼睛看着远方,整个人都失神了。她跌坐在椅子里,不能思想,不能分析了。文秀看看奶奶,看看雨杭和梦寒,看看她爱了一生的那个丈夫,到此时才知道这个丈夫从未爱过她。在这个家庭里,她生儿育女,再失去所有的子女,到老来,还要承受丈夫在外面有儿子的事实……她被这所有的事情给撕碎了,她不能忍受这个,她也不能接受这个……

她站起身来,转身走出了房间,屋子的几个人,都深陷在各自的纷乱和痛楚里,根本没有人发现她的离去。她轻飘飘地走着,觉得自己在这个家庭中,好像是个隐形人。她就这样走出了曾家大院,一直走向曾氏族长,九太爷的家里。于是,曾家的家务事,变成了整个白沙镇的事。

第十五章

第二天一早,由九太爷带头的曾氏八大长老,全体到了曾家。他们进了曾家的祠堂,在里面和奶奶、牧白、文秀做了长达两小时的协商。没有人知道他们谈了些什么,然后,雨杭和梦寒被带进了祠堂里。两人抬头一看,只见八大长老威严地在祠堂前方,坐了一排,奶奶、牧白、文秀坐在两边,人人都面色凝重,表情严肃。

梦寒这才明白,她是上了"法庭",等待"审判"和"处决"。"梦寒!"九太爷严厉地开了口,他白发飘飘,白须髯髯,自有一股不怒而威的气势,"你的婆婆已经向我们揭发了你的罪行,现在我亲自问你一句,你承不承认?"

梦寒低垂着头,被这样"公开审问",她实在羞惭得无地自容。"我承认!"她低低地说。

"大声说!"九太爷命令着。

梦寒惊跳了一下,脸色苍白如纸。

"我承认！"她不得不抬高了音量。"你承认和江雨杭发生不轨之恋情，罔顾妇道，伤风败俗，逾礼越法，紊乱伦常，是也不是？"

梦寒被这样的措辞给击倒了，额上冷汗涔涔，身子摇摇欲坠，还来不及说话，雨杭已不顾一切地冲上前去，喊着说："都是我勾引她的，诱惑她的！你们数落她的罪状，应该都是我的错！你们别审她，审我吧！何必去和一个弱女子为难，要怎么办，就都冲着我来吧！这件事无论如何都是我在主动呀……""放肆！"一个长老大声说，"这是咱们曾氏宗族的家务事，自有九太爷定夺，你没有资格说话！"

雨杭着急地看着这八个道貌岸然的长者，忽然觉得，他们和曾家门外那七道牌坊长得很像，只是，七道牌坊不会说话，而这八大长老会说话。如果自己要去和这八大长老说道理，就好像要去对石头牌坊说道理一样，笨的不是牌坊，是对牌坊说道理的那个"人"！他一肚子的话，此时一句也说不出来了。"梦寒！"九太爷再说，"关于你的情形，我们八大长老已经做了一个决定！因为你的公公再三陈情，咱们才网开一面，给你两条路，让你自己选择一条路走！"

梦寒一语不发，被动地，忍辱地听着。

"一条路，剃度出家，一生不得还俗，不得与江雨杭见面，从此青灯古佛，心无杂念，了此残生！"

梦寒咬紧了嘴唇，脸色更加惨白了。

"第二条路，"九太爷继续说，"以'七出'中，淫荡之罪名被休，自曾氏族谱中除名，要出曾家门，得从七道牌坊底下过去,向每一道牌坊磕三个头,说一句:'梦寒罪孽深重,对不起曾家的列祖列宗!'过完七道牌坊,从此与曾家就了无瓜葛,再嫁他人,咱们也不闻不问!"

梦寒睁大眼睛,雨杭也睁大了眼睛,两人都像是在黑暗中见到了一线光明。梦寒这才抬头看了看九太爷,怯怯地问:

"此话当真?只要通过牌坊,磕头告罪,那……就可以还我自由之身?"众长老冷然地点头。奶奶盯着梦寒,激动地说:

"梦寒!为了维持我家清誉,选第一条路!即使是青灯古佛,你还是书晴的娘,如果你选择了第二条,你和书晴就永无再见之日!"梦寒惊痛地抬头,哀恳地看着奶奶,凄楚地喊:

"不!你不能这样待我,请你不要剥夺我做母亲的权利!你们都有过失去孩子的痛楚,为什么不能体谅一颗母亲的心?""如果你真的爱书晴,你就会为她的未来、为她的荣誉着想,那么,你怎么忍心去选择过牌坊?那是会被万人唾骂,遗臭万年的一条路!"奶奶严肃地说,"选第一条路吧!"

"梦寒!"雨杭急切地喊,"你什么路都不用选!现在是什么时代了?怎么可以私审私判?"他抬头怒视着八大长老和奶奶,"梦寒目前没有丈夫,她有权利爱人和被人爱!你们停止去膜拜那些石头牌坊吧!停止用人来活祭那些石头牌坊吧!你们看不出来这是很愚蠢很无知的事吗?……"

"雨杭!"牧白急喊,"不得对族长无礼!"

"我有第三条路,"雨杭叫着,"我带梦寒走,走得远远的,再也不跨进白沙镇一步!行吗?"

"哪有那么便宜的事？要断，就要断得干干净净，不管你的看法怎样，梦寒是曾家的媳妇，就要听曾家的安排，没有任何道理可讲！"九太爷威严地说，语气和态度都充满了权威，"你就是去告诉省里县里，官府中也要顺应民情！"

雨杭瞪视着九太爷，知道他的话并无虚言，不禁着急大叫："梦寒，你什么都不要选，看他们能把你怎样？"

"梦寒！"奶奶也喊，"快选第一条路，为你自己的尊严，为你女儿的未来，你别无选择，只有这一条路！"

"梦寒！"文秀也喊了，"你给靖南留一点面子吧！如果你选了第二条路，靖南在九泉下都不会瞑目的！"

大家你一言，我一语的，各喊各的，就是要梦寒选第一条路。只有牧白神情忧郁，一语不发，似乎对这两条路都忧心忡忡。就在大家此起彼落的喊声中，梦寒猛然把头一抬，两眼中射出了清亮而坚定的光芒，她决定了，直直地挺直了背脊，高高地昂起了头，她语气铿然地说：

"我决定了！我选第二条路！我过牌坊，我给曾家祖宗磕头谢罪，因为那是我欠曾家的！债还完了，我和曾家的恩怨情仇就一笔勾销了，我再也不受良心的谴责，再也不为了这份爱而偷偷摸摸了！我向往这份自由，已经赛过了人世的一切！何况，这条路是通向我情之所钟、心之所至的一条路，我别无选择，无怨无悔！至于书晴，"她抬眼正视着奶奶，"她有一天会长大，当她长大的那个时代，我们谁都无法预测是怎样一个时代，但我可以肯定，她不会以我这个母亲为耻，她会以我为骄傲的！因为我没有让你们的牌坊压倒，因为我在这种恶劣的环境底下,仍然有勇气追求人间的至爱!"

她说完了,全屋子的人都有些震慑,连那八大长老,也不禁对她困惑地,深深地看着。雨杭的双眸里,几乎迸发出了火花,他热烈地注视着梦寒,用全心灵的震动,狂热地喊着:"我不会让你一个人过的!我会陪着你!不管牌坊下有怎样的刀山油锅,我都和你一起来面对!"

事情就这样决定了。当天,梦寒在曾家的休书上盖了手印,立即被八大长老带到宗祠之中,去幽禁起来,等待明天过牌坊。行前,她甚至没有见到书晴一面。

那一天终于来了,梦寒被八大长老带到了曾家的七道牌坊之下。这七道牌坊,是梦寒今生的梦魇,还记得第一次从这牌坊下走过的种种情景,牌坊下万头攒动,人山人海……她被花轿抬来,在这牌坊下,第一次见到雨杭。五年后的今天,她又来到这牌坊下,放眼看去,不禁触目惊心。原来,白沙镇的居民又都倾巢而出了。牌坊下面,挤着密密麻麻的人群。而且,个个激动,人人兴奋。他们带着许多箩筐,里面装着菜叶烂果,还有许多锅碗瓢盆,里面装着汤汤水水,还有很多的人,拿着扫帚畚箕,棍棒瓦片……简直看得人心惊胆战。不知道他们要做什么。

曾家的人也都到了,除了书晴,被奶奶命令不得带来之外,连丫头、用人、家丁等都来了。奶奶和文秀站在八大长老身边,表情都十分严肃。牧白挨着雨杭,挤到了人群的最前方。雨杭一看这等阵仗,就脸色惨白了,他惊呼地说:

"天啊!为什么会惊动全村的人?为什么不是悄悄地磕头

就算了？怎么会这样？难道大家一定要处死梦寒才甘心吗？"

"我老早就警告过你……"牧白战栗地说，"你不相信我！我老早就跟你说，这不是你们两个人的事，这会是整个白沙镇的事，你就是不肯相信我……"

"不行不行……"雨杭喊着，想往梦寒的方向挤去，"不能过！梦寒！"他拉开喉咙喊，"算了算了，不要过了！"

梦寒听不到他说话，她已经被一片人声给吞噬掉了。慈妈没命地冲到梦寒身边，哭着大喊：

"小姐！你不要傻了！你看看有多少人？你走不完的！他们没有人要让你走完的！这是一个陷阱，你不要傻……"

"现在后悔可来不及了，"九太爷冷冷地说，"这是你自己的选择，没有回头路了，这七道牌坊，不由你不过！记住，每个牌坊下该说的词，一句也别漏！去吧！"

此时，群众已经等得不耐烦，开始鼓噪。拿着锅碗瓢盆，敲敲打打，嘴里大喊着："怎么还不过？快过牌坊呀！"

不知是谁开始的，一下一下地敲着锅盆，一声声地催促着："过！过！过！过！过！过……"

万人回应，吼声震天：

"过！过！过！过！过！过……"

梦寒的心一横，迅速地往前一冲，站在第一道牌坊底下，群众们尖声大叫了起来："看呀！这就是夏梦寒，不要脸的女人，丈夫死了没几年就偷人啊……""滚啊！滚出我们白沙镇！滚啊！滚啊……"

"淫妇！荡妇！婊子！弄脏了咱们白沙镇的七道牌坊……"

"下流卑鄙的女人！滚出去！滚出去！滚出去……"

伴着这些不堪入耳的咒骂，是那些蔬菜烂果、砖头瓦片、汤汤水水……全都往梦寒身上抛撒过来。梦寒被泼洒了一头一脸，身上中了好多石块，她已不觉得疼痛，心里只是模糊地想着，所谓的"地狱"，大概就是这种景象了！她在第一道牌坊下跪了下去，在一片砖头瓦砾的打击中，匆匆地磕头，哭着说："梦寒罪孽深重，对不起曾家的列祖列宗！"

说完了，她爬起来，开始往第二道牌坊跑去。更多的垃圾抛向了她，其中还包括了一阵飞沙走石，迷糊了她的眼睛。她已发丝零乱，满脸都是污水、汗水和泪水。曾家的人伸长了脖子在看，看得人人都变色了。奶奶脸色惨白，文秀也魂飞魄散了。雨杭死命想冲上前去，牧白和家丁们死命地拦着他，牧白对他狂吼着："你不要去！你帮不上忙，这段路必须由她一个人走完，否则，会给八大长老借口，他们会说不算数的！梦寒已经受了这么多罪，你让她走完吧！"

"梦寒！梦寒！梦寒！梦寒……"雨杭凄厉地喊着，发疯发狂地挣扎，挣脱一边，又被拦腰抱住，踢开一人，又被死命拽住。

梦寒在第二道牌坊下磕头了：

"梦寒罪孽深重，对不起曾家的列祖列宗……啊……"一块砖头击中了她的额角，她不禁痛喊出声了，血，从发根中渗了出来。一个女人拿了一支扫帚跑过去，飞快地就给了梦寒一扫帚。梦寒跌倒在地。群众高声呼叫着：

"打得好！打得好！"更多的人就拿了棍棒和扫帚来打梦

寒，梦寒简直站不起来了。菜叶和烂果对着梦寒飞砸而来，快要把她给埋葬了。

雨杭发出一声撕裂般的狂叫：

"啊……这太残忍了……"就又摔又蹦又挣又踹地挣脱了家丁，拨开群众，势如拼命地冲了过去。牧白急呼着：

"雨杭！你要干什么？雨杭！你快回来……"

牧白哪里喊得住雨杭，他已三步两步地奔到梦寒身边，俯下身子，他一把扶住了梦寒。

"梦寒！"他不顾一切地痛喊着，"我来了！这是我们两个人的事，不是你一个人的！我来陪你一起跪，一起挨打，一起受辱，一起磕头，一起走完它！"

群众更加鼓噪起来："看啊！这一对狗男女！奸夫淫妇！"

"奸夫淫妇！奸夫淫妇！奸夫淫妇……"群众吼声震天。各种乱七八糟的东西都丢向了他们。

雨杭把梦寒的头紧揽在怀中，用双臂紧紧护着她，连抱带拉地把她拖向了第三道牌坊。

群众的情绪已经不能控制了，看到雨杭现身，拼命保护梦寒，使大家更加怒发如狂，所有准备好的东西都砸向了两人，这还不够，连那些锅碗瓢盆都扔过去了。这样，雨杭头上立刻被打破了，血流了下来。牧白看到两人已无法招架，而群众们还在失控地高叫："打死他们！打死他们！打死这对狗男女！打呀！打呀……"牧白再也受不了了。他突然从人群中冲了出去，飞舞着双手狂喊："不要打了！不要打了！"

他站到梦寒和雨杭的身边了,群众们怔了怔,搞不清楚是怎么回事,牧白忽然对着群众跪了下去,哀声大叫着:

"饶了他们吧!我才是罪魁祸首呀!所有的悲剧因我而起,我对不起曾家的列祖列宗!他们两个,只是一对深深相爱的可怜人啊!如果相爱有罪,世间的人,你你我我,谁没有罪呢?"他对群众磕下头去,"各位乡亲!高抬贵手啊……我给你们磕头了!我求求你们……"他对左边的人磕完了头,又转向右边的人,继续磕头,边磕边说:"我罪孽深重,我罪该万死!求求你们!饶了这一对苦命的孩子吧!"他这个举动,使所有的村民都傻住了。梦寒和雨杭鼻青脸肿地坐在地上,也傻住了。八大长老个个瞪大了眼睛,也傻住了,奶奶张着嘴,也傻住了,文秀的震骇达到极点,也傻住了,全世界的人都傻住了。没有人再鼓噪了,所有的人,全都安静了下来。刹那之间,四周变得死样的沉静。牧白就在这一片沉寂中,继续给周围的人磕头,磕得额头都破了皮,血,从额上沁了出来。

雨杭首先恢复了意识,他扑过去,扶起了牧白。泪,顿时从雨杭眼里滚滚而下,他哽咽地,沙哑地低喊:

"爹!你怎可为我们这样做?"

这一声"爹",叫得牧白也泪如雨下了。父子二人,相对注视,忘形地紧紧一抱,千言万语,尽在不言中。

奶奶挺立在那儿,两行老泪,也不由自主地滚下了面颊。文秀的泪,也扑簌滚落,对于自己去九太爷那儿告状的行为,此时,真是后悔莫及。梦寒挣扎着站起身来,挣扎着说:

"让我把它走完吧！""让我陪你把它走完吧！"雨杭搀扶着她。

"让我陪你们把它走完吧！"牧白说。

于是，他们三个，就这样彼此搀扶着，彼此关怀着，狼狈地，凄惨地，颠簸地，跌跌撞撞地走过了每一座牌坊，梦寒一一告罪，一一磕头，牧白和雨杭也跟着她磕头。八大长老看得出神，没有任何一个提出异议。群众已经完全被这种状况给震慑住了，大家鸦雀无声。

终于，七道牌坊都拜完了。

九太爷看着梦寒，声音不自觉地放柔和了：

"好了！夏梦寒，从今以后，你是自由之身了。"

梦寒和雨杭两个对看了一眼，双双转过身子，对着牧白再度跪倒，雨杭磕下头去，用那么热情、真挚、感恩的声音，低低地说："爹！孩儿叩别了！"

梦寒也和雨杭一起磕下头去。

牧白带着满心的震动，伸手去扶起他们两个。泪眼模糊，嘴唇颤抖，对他们两个看了好一刻，才抖抖索索地，哽咽地说："去吧！孩子们！但是，白沙镇还有你们的根，斩不断的根，当你们对白沙镇的恨，慢慢地淡忘以后，别忘了，这儿还有老的老，小的小！"这一句话，使梦寒的热泪又滚滚而下了。她爬了起来，脚步踉跄地走到奶奶面前，对奶奶又跪了下去：

"奶奶，我把书晴，交给你了！正像爹说的，如果有一天，您对我的恨慢慢地淡忘了，请通知我！让我能和书晴相聚，我会感激不尽！"奶奶昂着头，掉着泪，一句话都没有说。

梦寒回过头去，接触到雨杭那灼热而深邃的眸子。她把手伸给了他，挺直了背脊，坚定地，平静地，义无反顾地说：

"我终于可以在太阳底下说一句，我是你的了！请带我走吧！"雨杭伸手紧紧地握着她的手，两人穿过人群，脚步所到之处，群众竟都软软地让出一条路来。他们慢慢地走着，稳稳地走着，顺着牌坊前方那条大路，他们一直向前，不再回首，很快地，就把那巍峨的七道牌坊抛在身后了。慈妈带着一份虔诚的恭敬，追随在后面。

他们越走越远，越走越远，越走越远……终于消失了踪影。

这是白沙镇最后一次要女人"过牌坊"，也从这次以后，所有的曾姓家族娶媳妇，不再叩拜贞节牌坊。正像梦寒所预言的，未来的世界变幻莫测，当自由恋爱的风气如火如荼地蔓烧到白沙镇时，梦寒和雨杭的故事，竟成了那七道牌坊的"外一章"。大家很快就忘掉了牌坊所象征的忠孝节义，但是，梦寒和雨杭的故事，直到今天，仍然为白沙镇的居民们，津津乐道。

尾声

故事写到这儿,就已经结束了。但是,关于故事中的各个人物,我觉得仍有必要,为读者们补叙一下:

雨杭和梦寒,在杭州成立了"爱人小学",把所有的精力,都投注在儿童教育上。江神父那儿收容的孤儿,都转到了"爱人小学"来,雨杭人手不够,卓家的一大家子人都来帮忙,卓老爹是园丁兼校工,卓老妈是保姆兼厨子,卓秋贵什么都干,从修补校舍到当司机。慈妈更不用说了,忙得晕头转向,专门照顾学龄前的那些孩子。三年后,靖萱和秋阳带着他们一岁大的儿子飞回杭州,也参加了这个事业,在学校里当老师。学校办得有声有色,只是资金常常匮乏,终于把牧白拖下了水,他卖掉了他的泰丰号,把资金都给了这座不会赚钱的学校。他自己,就在杭州和白沙镇两个地方跑来跑去,逐渐地,他在杭州停留的时间越来越长。等靖萱归来后,连文秀都偶尔会住到杭州来了。他们两老,早就原谅了靖萱，也接纳了卓家的人。只有奶奶，始终不曾离开过曾家大院，也始终不曾原谅过靖萱和梦寒。

梦寒在每年书晴的生日那一天，都会回到白沙镇，请求奶奶让她见书晴一面。奶奶虽然没有严词拒绝，但是，母女两人谈不了几句话，奶奶就会把书晴匆匆地带开。书晴，她一直是梦寒心中的"最痛"，雨杭也深深明白，却无法让这对母女重圆。奶奶早已失去了她的威严，失去了她的王国，失去了她每一个儿孙……她只剩下了书晴，因而，她把这仅有的财产，抓得牢牢的。这天，梦寒和雨杭又回到了曾家大院。梦寒手中，竟抱着一个才满月的婴儿。这惊动了整个曾家大院。牧白和文秀，那么震动而兴奋地奔过去，围着梦寒，抢着要抱那个小家伙。正在忙乱中，书晴牵着奶奶的手，从屋内走出来，书晴一看到梦寒和婴儿，就兴奋得不得了，她对梦寒飞奔过去，嘴里嚷着："娘！娘！是弟弟还是妹妹？"

"是个小弟弟呢！"梦寒说，蹲下身子，把孩子抱给书晴看。"哦！"书晴睁大眼睛看着那个小东西，激动地伸出手去，"娘！我可不可以抱一抱他？我会很小心很小心的！"

梦寒把婴儿放进书晴的怀里。她的眼光，热烈地看着她面前的一儿一女。如果书晴能回到她的身边，她的人生，就再无遗憾了！看着看着，她的眼中满是泪水，她伸出手去，把书晴和婴儿都圈在她的臂弯里。

"啊！娘！"书晴一眨也不眨地盯着那婴儿，惊呼着说，"他好漂亮啊！他的头发好黑啊……他睁开眼睛了……他笑了……啊！娘！他长得好像爷爷啊！"她抬眼看牧白，"爷爷,你说是不是?"牧白看着孩子,简直是目不转睛地、不停地点着头,真是越看越爱。奶奶伸长了脖子,对那婴儿看去,真的!那孩子和牧白小时候像极了。原来隔代遗传还可以这么强!她对那婴儿探头探脑,真想伸手去抱,又拉不下这个脸。当初那样激烈地把梦寒赶出门去,从来不曾承认过梦寒与雨杭的婚姻关系,如果对这孩子一伸手,岂不是全面投降了?但是,那孩子的诱惑力实在太强了。书晴瘦瘦小小的胳臂抱着他,不停地摇着,抱得危危险险的。奶奶只怕书晴抱不牢,摔着了孩子,双手就不由自主地伸过去,下意识地要护着婴儿。梦寒看到奶奶这个样子,就把孩子从书晴手中抱起来,轻轻地放进奶奶的怀抱中:"咱们还没给他取名字,"梦寒温柔地说,"算起来是书字辈,奶奶以前给书晴取名字的时候,取了好多个男孩的名字,不知道哪一个好?是曾书伦好?还是曾书群好?"

此话一说出来,牧白和文秀的脸孔都发光了,各有各的震动。而奶奶,她紧拥着怀里的婴儿,一股热浪,蓦然从心中升起,直冲入眼眶中,泪,就完全无法控制地滚了出来,落在孩子的襁褓上了。她喉咙中哽咽着,泪眼看梦寒,到了此时此刻,才不得不承认,梦寒,她真有一颗宽厚仁慈的心!

"我比较喜欢书伦,"奶奶拭着泪说,"你们说呢?"

"那就书伦吧!我们也喜欢!"雨杭欢声说,"真巧!咱们私下讨论的时候,也都觉得书伦念起来挺顺耳的!"

"书伦!"奶奶低喃着,"书伦!我的小书伦!"她吻着婴儿的小脸,泪,继续滴在孩子的耳边。她用耳语似的声音,低低地说:"太奶奶真的没有想到,可以有这么一天!我,还能活着看到你,小书伦……还能这样亲近地抱着你,小书伦……"这样柔弱的低诉,使所有的人,眼睛里都涨满了泪。

室内静了好一会儿,然后,牧白小心翼翼地说:

"娘!书晴已经满七岁了,是学龄儿童了,让她去杭州,到'爱人'接受学校教育吧!好吗?以后,不管是男孩还是女孩,都会进学校念书了,咱们别让书晴跟不上时代,好吗?"

听到牧白这样说,梦寒整个脸孔都被期望所燃烧起来了,她的眼睛,哀求地,渴望地,热烈地看着奶奶。而书晴,已忍不住激动地喊出来了:

"太奶奶!让我去!求求您!让我去!我好想好想去杭州啊!我好想好想和娘、大伯,还有小弟弟住在一起啊!"

"奶奶,我保证,您不会失去书晴,每当寒暑假,我都会带她回来的!"梦寒祈求地说,"不只带她回来,也会带书伦回来!您不会失去任何一个孩子,只会得到更多的孩子……因为,靖萱也好希望带孩子回来看奶奶呀!"

"奶奶!"雨杭十分感性地接了口,"不要再拒绝我们了,只要您肯张大您的手臂,会有一大家子的人等着要投进您的怀抱啊!"奶奶看着雨杭和梦寒,看了好久好久。然后,她吸了吸鼻子,迟疑地说:"不知道杭州那个地方,天气好不好?如果我偶尔去住上两三天,不知道住不住得惯?"

梦寒大大地震动了,她看着奶奶,一个激动之下,竟忘形地扑上前去,一把就把奶奶那白发苍苍的头,和小书伦那小小的身子,一起拥进了她的怀中,她热情奔放地大喊出声:

"奶奶！你一定要去！那儿或者没有你引以为傲的七道牌坊，没有曾家的重重深院，但是，那里有山有水有西湖……这些都不重要，重要的是，那儿有你的子孙，他们已经把曾家的荣光，拓展到了另一个地方，那儿，永远充满了孩子的笑声吵声闹声……你会发现，这些声音是世界上最美妙的音乐！何况，这些音乐里，还有你的曾孙们所制造的！啊，奶奶，你会爱上那个地方的！"

奶奶不安地蠕动了一下身子，对梦寒这种表现情感的方式有些不习惯。但是，几十年都不曾被人这样拥抱过，竟在不安中，感到某种令人心酸的温柔。觉得自己整个人都变得那么柔软，那么脆弱，居然对这样的拥抱，有些欢喜起来。

于是，奶奶终于走出了她的重楼深院，在牧白和文秀的陪同下，去参加了书晴的"开学典礼"。在那儿，她见到了久别重逢的靖萱，见到了秋阳，见到了他们那个结实的胖小子，见到了她从不肯承认，却实在与曾家太"有缘"的卓家人，见到了从未谋面的江神父……她真是见到了许许多多的人物，每一次的见面，都带给她太深太深的震撼和感动。最让她难忘的一幕，是看到雨杭吹着他的萨克斯风，江神父竖着他白发萧萧的头，带着一院子的孩子，在那儿高唱着：

　　当我们同在一起，在一起，在一起，
　　当我们同在一起，其快乐无比！

她看到小书晴，她站在一群孩子中，唱得比谁都大声。

小小的脸庞上,绽放着满脸的阳光。她终于不得不承认,这,才是一个孩子应该成长的好地方!

——全书完——

一九九四年八月十日完稿于台北可园

（京权）图字：01-2024-1712

图书在版编目（CIP）数据

烟锁重楼 / 琼瑶著. -- 北京：作家出版社，2024.10
（琼瑶作品大合集）
ISBN 978-7-5212-2817-5

Ⅰ.①烟… Ⅱ.①琼… Ⅲ.①言情小说-中国-当代 Ⅳ.①I247.5

中国国家版本馆CIP数据核字（2024）第089064号

版权所有©琼瑶

本书版权经由可人娱乐国际有限公司授权作家出版社出版简体中文版
非经书面同意，不得以任何形式任意重制、转载。

烟锁重楼

作　　者：	琼　瑶
责任编辑：	刘潇潇　单文怡
装帧设计：	棱角视觉　纸方程·于文妍
出版发行：	作家出版社有限公司
社　　址：	北京农展馆南里10号　　邮　编：100125
电话传真：	86-10-65067186（发行中心）
	86-10-65004079（总编室）
E-mail：	zuojia@zuojia.net.cn
http:	//www.zuojiachubanshe.com
印　　刷：	北京盛通印刷股份有限公司
成品尺寸：	142×210
字　　数：	125千
印　　张：	6.375
版　　次：	2024年10月第1版
印　　次：	2024年10月第1次印刷
ISBN　978-7-5212-2817-5	
定　　价：	32.00元

作家版图书，版权所有，侵权必究。
作家版图书，印装错误可随时退换。

品 琼 瑶 经 典

忆 匆 匆 那 年

琼瑶作品大合集

1963	《窗外》	1981	《燃烧吧！火鸟》
1964	《幸运草》	1982	《昨夜之灯》
1964	《六个梦》	1982	《匆匆，太匆匆》
1964	《烟雨蒙蒙》	1984	《失火的天堂》
1964	《菟丝花》	1985	《冰儿》
1964	《几度夕阳红》	1989	《我的故事》
1965	《潮声》	1990	《雪珂》
1965	《船》	1991	《望夫崖》
1966	《紫贝壳》	1992	《青青河边草》
1966	《寒烟翠》	1993	《梅花烙》
1967	《月满西楼》	1993	《鬼丈夫》
1967	《翦翦风》	1993	《水云间》
1969	《彩云飞》	1994	《新月格格》
1969	《庭院深深》	1994	《烟锁重楼》
1970	《星河》	1997	《还珠格格第一部1阴错阳差》
1971	《水灵》	1997	《还珠格格第一部2水深火热》
1971	《白狐》	1997	《还珠格格第一部3真相大白》
1972	《海鸥飞处》	1997	《苍天有泪1无语问苍天》
1973	《心有千千结》	1997	《苍天有泪2爱恨千千万》
1974	《一帘幽梦》	1997	《苍天有泪3人间有天堂》
1974	《浪花》	1999	《还珠格格第二部1风云再起》
1974	《碧云天》	1999	《还珠格格第二部2生死相许》
1975	《女朋友》	1999	《还珠格格第二部3悲喜重重》
1975	《在水一方》	1999	《还珠格格第二部4浪迹天涯》
1976	《秋歌》	1999	《还珠格格第二部5红尘作伴》
1976	《人在天涯》	2003	《还珠格格第三部天上人间1》
1976	《我是一片云》	2003	《还珠格格第三部天上人间2》
1977	《月朦胧鸟朦胧》	2003	《还珠格格第三部天上人间3》
1977	《雁儿在林梢》	2017	《雪花飘落之前——我生命中最后的一课》
1978	《一颗红豆》	2019	《握三下，我爱你——翩然起舞的岁月》
1979	《彩霞满天》	2020	《梅花英雄梦之乱世痴情》
1979	《金盏花》	2020	《梅花英雄梦之英雄有泪》
1980	《梦的衣裳》	2020	《梅花英雄梦之可歌可泣》
1980	《聚散两依依》	2020	《梅花英雄梦之飞雪之盟》
1981	《却上心头》	2020	《梅花英雄梦之生死传奇》
1981	《问斜阳》		